그래 그래 그래

그래 그래 그래

— 윤현순 · 이상훈 · 최종숙 산문집 —

좋은땅

프롤로그

함께하실래요? 침묵이 길어질수록 기운을 잃어 가지만, 함께 한다는 게 생각만큼 쉽지 않다는 사실의 명쾌한 반증이다. 다른 인생을 포용하며 함께 걸어가는 일에는 용기가 필요하다. 함께 걷는다는 것만으로도 얻는 힘이 있다. 함께 있어 주는 것만으로 위안이 된다.

자기의 속내가 오롯이 드러나는 일일 경우 용기를 내기가 더욱 쉽지 않다. 그럴 때 슬그머니 손을 잡아 주는 일은, 그게 누구든 엄청난 위안이다. 격려다. 더 너르고, 더 깊은 곳으로 데려가는 고마운 안내자다.

셋이서 우연히 만난 곳은 꽃섬이었다. 외로운 섬처럼 쓸쓸한 벌판을 걷고 있을 때, 꽃씨를 꼬옥 쥐고 누군가를 기다리던 마음들이 있었다. 거친 땅을 헤치고 씨앗을 넣고 물을 주는 일이 만만치 않았지만, 꽃망울을 맺고, 결국 수줍은 꽃을 피웠다. 아직은 떫은 열매로 맛이 설지만 신선하고 넉넉한 미소를 담아 '하이얀 모시 수건'을 깐 '은쟁반'에 담았다.

목차

다시 새롭게 만나는 내 안의 나 | 이상훈

그저 수저통에 꽂혀 있는 국자처럼 | 최종숙

내 안의 떫은 말들

윤현순

천생 촌 여자

"아유, 저 능선 좀 봐, 너무 아름답지 않아?"

"응, 그러네."

감탄은 주로 여자의 몫이다.

여자는 먼 산마루 보기를 좋아한다. 아니, 산마루뿐만이 아니라 펼쳐져 있는 시골의 모든 풍경을 좋아하는, 누가 뭐래도 뼛속까지 촌 여자다.

늦가을 해 질 무렵이나, 겨울날 어둑살이 막 내려앉을 즈음의 산마루는 유독 마음을 사로잡는다. 겹겹의 굴곡으로 이어진 능선의 부드러우면서도 우뚝한 모습을 가장 뚜렷하게 보여 주는 때이기도 하다. 홍건한 노을이 능선을 따라 흐르고 있을 때나, 숨차게 건너온 하루가 산마루에 가까워져 희부연 어둠을 들일 때의 모습은 그야말로 자연이 인간에게 전하는 한 편의 서정시다.

눈만 뜨면 보이는 시골의 흔한 풍경에 무어 그리 호들갑이냐고 할는지도 모르겠다. 그러나 여자는 산마루 그 은근한 매력에 언제부턴가 마음이 스며들고 있었다.

살다 보면 자신도 잘 의식하지 못한 채 좋아지는 것들이 있다.

그동안은 주로 산 안에 들어 동적인 것에 몸과 마음을 두었다면, 지금은 변함이 없는 외유내강의 산을 멀리서 곰곰 바라보는 정적인 시간 또한 참으로 평화롭다. 산 안에서 만나는 산은 숨이 턱밑까지 차오르도록 거칠게 끌어당긴다. 반면, 바깥에서 바라보는 산은 한없이 어질고 온유한 표정이다.

많은 사람들의 시선은 제자리에 머물러 있다. 고개 들어 먼 산 한 번 자세히 바라볼 여유조차 잃고 바쁘게 살아가는 것이다. 도시화되어 가는 농촌의 생활도 크게 다르지 않다. 그래선지 산과 하늘, 그 경계에 집중할 줄 아는 마음을 만나기란 쉽지 않다. 멀리 떠나야만 볼 수 있는 것이 아니다. 지금 발붙이고 있는 일상에서도 조금만 고개를 돌리면, 태어나서 가장 처음 만나는 것처럼 아름답게 놓여 있는 것들이 무수히 많다. 너무 가까워서 외면하거나 보지 못했던 것들 말이다.

천진한 빛깔로 물드는 봄의 기운으로, 젖은 안개에 가려 은은한 형체의 여름으로, 온갖 색으로 치장하는 가을의 화려함으로, 산마루는 계절마다 다른 분위기를 이루지만 겨울 산마루는 여자가 가장 좋아하는 풍경이다.

몸을 가렸던 잎을 다 내려놓고 오롯이 빈 나무로 섰을 때, 그것은 빈약함이 아니라 오히려 비워서 더 아름다운 모습이 된다. 서로의 앙상함이 어울려 더 풍성한 풍경이 될 수 있다는 것을 보여 준다.

사람도 어울려 산마루 풍경이 되면 좋겠다.

혼자서는 서툴고 연약해도 서로가 서로에게 기대고 어우러져 다정한 곡선이 되고, 그 사이사이 하늘을 배경으로 놓아 더 온전한 모습으로 살 수 있다면, 아무리 살을 에는 추위에도 얼마나 따뜻한 풍경이 될 수 있을까를 상상해 본다.

나무가 나무로 가장 선명한 때는 봄이 아니라 겨울이다. 부모가 아이를 품어 주듯, 겨울의 너른 품이 봄을 꼭 안고 있다는 것을 알기에 겨울 산마루가 더 곡진하게 보이는지도 모른다. 겨울 한낮의 산마루는 짐승 한 마리 지나는 것까지 다 보여 줄 만큼 투명해진다.

산마루 저 어디쯤 눈길을 얹어 두고 오늘도 즐거운 상상을 하는 천생 촌 여자, 그녀가 행복하게 살아가는 방식이다.

이음 길

비가 흩뿌리는 역으로 기차가 막 들어선다. 배웅하는 사람도, 마중하는 사람도 하나 없는 한적한 주말 오후의 상주역 풍경이다. 목적지라고 해야 겨우 청리 지나 옥산이지만 오랜만에 기차를 타는 설렘이 즐겁게 일렁인다. 정차한 기차에 오르는데 뒤이어 할아버지 서너 분이 왁자하게 따라 오른다. 주말이면 앉을 자리가 없을 정도로 북적이던 기차였다. 그러나 코로나의 여파인지 앞자리에 앉은 여학생 두 명을 비롯해 열 명 남짓 자리를 채웠을 뿐, 나머지는 모두 빈자리다.

좌석을 찾아가니 이미 자리에는 할머니 한 분이 눈을 감고 앉아 있다. 옆자리에는 한가득 짐을 올려 둔 상태다. 여자는 비어 있는 뒷좌석에 앉기로 한다. 자리에 앉자마자 앞쪽에 자리한 할아버지들의 시끌시끌한 음성이 소나기처럼 밀려온다. 그러나 여자는 이내 바깥 풍경에 마음을 빼앗긴다. 기차는 둔중한 몸을 흔들며 비를 벗어나고 있다.

칠월의 녹음을 가로질러 달리는 기차는 일상을 벗어나 맞이

하는 모처럼의 여유와 낭만, 그리고 그리움의 상징으로 기분 좋게 덜컹거린다. 처음으로 기차를 타고 경주로 떠났던 초등학교 수학여행과 춘천 가는 기차를 타고 행복해했던 풋풋한 이십 대를 지난다. 또 아이들을 데리고 밤새 정동진으로 달렸던 차가운 어느 겨울의 기억도 재바르게 합류한다. 어느새 다 커 버려서 흩어져 지내는 아이들을 만나러 각지로 드나들었던 추억들이 아직도 고스란하다. 몇 해 전, 친정 엄마와 제주 여행을 다녀오면서 기차를 타고 집으로 돌아오던 그때의 시간도 잊지 못할 진한 행복감으로 남아 있다.

여자에게 있어 기차는 단순한 교통수단이 아니라 행복한 삶으로 연결해 주는 이음 길이기도 하다. 그만큼 기차와 함께한 추억이 많은 것이다. 기차가 달리기 시작한 그 잠깐의 사이에 잊고 지내던 반가운 기억들을 마주하고 있자니 한 여학생의 신경질적인 목소리가 따갑게 귀에 와 꽂힌다.

"좀 조용히 해 주세요!"

그러나 허공에 던져진 메아리처럼 반응이 없다. 왁자함은 여전했다. 할아버지들의 높고 거친 말소리가 끊임없이 이어지자 아이들이 짜증이 난 모양이다. "조금만 조용히 해 주시겠어요?" "조용히 좀 해 주세요!" 날이 선 목소리가 귀를 긁는다.

그러고도 몇 번이나 같은 말을 반복했지만, 전혀 아랑곳없는 할아버지들을 보며 오히려 듣고 있는 여자가 애가 탈 지경이다. 한참을 그러다 더는 못 참겠다는 듯, 단단히 화가 난 표정으로 벌떡 일어서더니 여학생 둘은 기차의 다른 칸으로 사라지고 만다.

할아버지들은 아이들의 조용히 해 달라는 얘기를 들었을까, 아니면 어두운 귀에 미처 소리가 닿지 못했을까. 뒤편에 멀찍이 앉은 내게도 날카롭게 들려왔으니 전자에 가깝다고 해야겠다. 그러나 귀가 어두우니 덩달아 목소리가 커졌겠다 싶어 나름대로 이해와 측은함이 든다.

결국은 서로를 경험하지 못하고 살아가는 세대 간 불통의 모습이다. 배려나 이해 없는 행동과 말은 마음에 가닿지 못하고, 마음에 가닿지 못한 말들은 소음이 되고 만다.

아이들 편에 서 주고 싶을 때가 있다. 다만, 무례하지 않은 말투로 조금 더 공손히 대하는 자세라면 말이다. 어른이니까 대접을 받았다면, 어른다워야 대접을 받는 시대를 살고 있다. 아이들은 또 언제쯤 마음도 함께 자라나서 저런 모습도 인간적으로 받아들일 만큼 넉넉해질 수 있을까. 기차에서 기타를 튕기며 노래를 불러도 그저 낭만으로 보아 주던 순수한 시절도 있었다. 덩치만 키운 아이들과 몸도 마음도 다 소진해 버린 어른들을 저울질해 보는 사이 어느새 옥산역에 다다랐다.

수많은 사연을 싣고 나르는 기차에는 아름다운 추억만 있는 것은 아니다. 사람 살아가는 다양한 모습이 때로는 버거운 짐처럼 실려 달리기도 하고, 또 삶을 어떻게 더 지혜롭게 가꾸며 살아야 하는지를 한 편의 연극처럼 보여 주기도 한다. 흐르는 세월에 눈도 귀도 어두워지겠지만 사람 사는 이치마저 흐려지지 않을까 마음을 단속해 본다.

기차는 또 다른 추억의 장소가 될 작은 간이역에 여자를 내려놓았다. 새로운 이음 길에 내려 하늘을 본다. 짙은 먹구름 사이로 살며시 드러나는 파란 하늘 몇 조각이 만나기로 한 친구의 얼굴처럼 사랑스럽다. 설레는 시간 속으로 성큼 발을 내딛는다.

오롯이 바라보다

선운사는 참 여러 번 우려먹은 이야기다. 시에도 일기에도, 곳곳에 행복한 흔적으로 기록되어 있다. 그만큼 선운사에서의 기억은 생의 한 지점을 환하게 밝히는 따뜻한 불빛으로 남아 있기 때문이다. 집을 떠나 처음으로 가져 보는 혼자만의 자유로움, 단순히 그 이유만은 아니다. 이리저리 쪼개어져 살아가는 나를 온전히 하나로 완성해 놓고 만나는 시간이었다. 나를 만나는 것이 무엇이냐고 누군가는 묻는다. 경험하지 않으면 설명만으로 쉽게 전달되지 않는다. 온전히 나를 알아차리고, 깊숙이 있는 내면의 자신을 만나는 순간, 참으로 자유롭고 행복한 기쁨을 맛보게 된다. 일상을 벗어나면 더 선명하게 보이는 것들이 있다.

월정사로 떠났다. 이번에는 친구도 함께였다. 선운사에서는 오롯이 혼자만의 시간으로 채우는 자유로움이었다면, 월정사에서는 짜인 프로그램을 택했다. 틀 안에 갇힌 자유로움인 것이다. 참선의 주제는 '오롯이 바라보다'였다.

일상에서 겪는 수많은 말, 수많은 생각, 수많은 무언가에 흔들리며 살아가는 자신을 제대로 알아차리기란 어렵다. 선운사에서 돌아와 월정사로 오기까지 어느덧 몇 해가 흘러 있었다.

가을빛 무르익은 산사에 도착하자 전나무 향기가 코끝으로 스며 마음을 편안하게 했다. 오후 세 시에 입소, 휴대폰을 반납함과 동시에 속세의 소식과는 단절이었다. 손이 아프도록 꽉 쥐고 있었을 저편의 끈을 잠시 놓아두는 것만으로도 홀가분했다. 저녁 공양을 하고 짧은 휴식을 가진 뒤 곧바로 명상이 시작되었다. 참선이 어떤 수행을 뜻하는지도 잘 모른 채 갔으므로 좌선을 한 채 긴 명상에 드는 것은 처음부터 여간 고역이 아니었다. 일상에서의 두 시간은 찰나처럼 기억이 되기도 하지만, 어떤 움직임도 없이 자신을 살펴보아야 하는 두 시간은 참으로 더디고 고통스럽게 다가왔다. 지난 시간 동안 나는 또 무엇을 좇으며 흩어져 살았을까.

첫날의 수행은 허리와 다리는 물론, 온몸이 통증으로 저항을 해 왔다. 몸의 통증은 무언가를 오롯이 바라보기에 있어 가장 큰 방해물이었다. 망상이 빠져나갈 수 있도록 길을 내어 주고 고요해지라는 스님의 말씀이 귓가에 채 닿기도 전, 여기저기에서 고통의 신음이 들려왔다. 움직이는 것보다 움직이지 않는 것은 생각보다 훨씬 더 힘든 일이었다. 몸을 뒤틀며 괴로워하는 사람들의 어깨너머로 하나의 사물처럼 고요로 앉은 스님이 보였다.

'육체를 가두어 놓고 정신이 자유로워지기란 도대체 얼마만큼의 수행을 필요로 하는 것일까. 정신도 몸도 하나가 되어 편안해졌을 때 비로소 내 안의 나를 온전히 알아차릴 수 있으리라. 길은 어디에 있는지…….'

비우기도 전에 들어차는 생각들, 그 위로 내려치는 죽비 소리 따갑다.

다음 날 새벽, 월정사의 달은 마음에 두고 별빛 희미한 하늘을 보며 예불에 나섰다. 처마 어디에도 풍경이 없어 더 고즈넉한 아침이 법당 너머로 오고 있었다. 이른 공양 후, 아름다운 선재길을 스님과 함께 걸었다. 걷는 명상 속으로 오대천 물소리가 맑게 흘러들었다. 돌아와 다시 참선의 시간, 전날과는 달리 마음이 훨씬 고요해졌다. 어느 시간에는 몸의 통증도 무디게 느껴질 만큼 집중이 되었다. 집에서부터 따라붙었던 목의 통증도 어느새가 깨끗이 사라져 있었다. 명상의 신비로움을 체험한 셈이다.

따뜻하게 우려낸 차를 앞으로 내어 주셨다. 사람들은 저마다 심중의 말을 한마디씩 내어놓았다. 어떤 이는 속세의 고민을 털어놓기도 하고, 또 어떤 이는 좌선의 힘겨움을 토로하기도 했다. 그러자 스님도 좌선에 들 때면 결코 행복하다고 할 수는 없지만 참으로 편안하다고 하시며, 참선은 구도자에게도 그만큼 힘든 수행이니 너무 애쓰지 말고 편안히 하라고 일러 주셨다. 여러 말씀을 나직하면서도 부드럽게 이어 가는 스님의 모습을 보며 사람들은 따뜻한 위로를 받으며 눈물을 쏟기도 하고, 또 마주 앉은 낯선 얼굴들과 함께의 기운을 나누기도 했다.

화두가 어머니에 닿자 결국 등을 돌려 눈물을 닦는 스님의 모습은 너무나 인간적이어서 다 함께 시울을 붉히기도 한 차담 시간이었다. 언제나 그렇듯, 부드러움은 강함보다 훨씬 더 따뜻한 온도로 사람을 데운다.

사람이었다. 친구와 함께여서, 스님과 함께여서, 생면부지의 그들과 함께여서, 그 속에서 고통도 무언으로 나누며 조금 더 나로 온전해지는 과정이었다. 일상에서도 행복하다고 여기는 곳에는 늘 사람이 있었다. 작은 행복을 더 크게 확대시키는 것도 사람이었다. 때로는 혼자여서 좋고, 때로는 함께여서 더 좋은 소중한 일상. 그렇게 떠남으로 다시 나에게로 돌아오고, 비움으로써 오히려 가득 채워져 사람이 있는 곳으로 돌아왔다.

산을 걷다

문득, 산으로 가고 싶었다.

몸도 마음도 움츠러들게 하는 추위를 털어 내며 무작정 차를 몰고 화북으로 달렸다. 산은 흰 눈을 덮고 더욱더 우뚝한 표정으로 나를 내려다보고 있다. 바람이 매섭게 불지만 산 안에 들면 어느 계절에 있던 가슴이 설렌다. 걸음을 디딘 지 얼마 지나지 않아 숨이 턱밑까지 차오르고, 식어 있던 몸은 금세 뜨거워진다. 청량한 산의 기운을 허파 깊은 곳까지 들이며 걷다 보면 어느 샌가 싱싱하게 살아 있는 자신을 만나게 된다. 혼자서도 풍요로운 이유다.

추위 탓인지 사람들이 눈에 잘 띄지 않는다. 어쩌다 마주치는 사람이 있기라도 하면 이 겨울 혼자 산에 든 여자를 보는 게 드문 일이라는 듯, 눈길은 길게 나를 따라온다. 그러다 만난 나이 지긋하신 분이 나를 향해 "혼자 올라가는 거예요? 젊으니까 용기가 있네." 하시며 웃음을 건넨다. 젊다고 하기에는 모호한 내 나이다. 그러나 아직 젊어서 용기가 있는 것인지, 용기가 있어서 젊어 보이는 것인지 잘 모르겠다. 하지만 고마운 인사에 오늘은 조금 더 발걸음이 젊어졌다. 세월이 아무리 흘렀어도 여자 혼자라는 건 아직도 사람들에게 낯선 모습으로 보이는가 보다.

《바람의 딸 걸어서 지구 세 바퀴 반》의 저자 한비야를 무척이나 좋아하던 때가 있었다. 책 속에서 만나는 작가는 온몸으로 세상을 만나며 용감하고 거칠 것이 없었다. 어떤 위험한 일을 겪어도 혼자만의 여행을 포기하지 않고 씩씩했다. 혼자, 그것도 여자 혼자는 훨씬 더 많은 위험이 따르는 그 시절이었으니 내게는 더 당당하고 멋진 여성으로 인식이 되었다.

혼자 떠나고, 혼자 걷고, 혼자 경험하며 자기 한계의 지평을 넓힌다는 그녀의 용기를 응원하며 박수를 보내기도 했다.

나는 이 좁은 땅 안에서 어쩌다 겨우 혼자 여행을 떠나고, 혼자 산을 오르고, 혼자 길을 걷지만 그녀가 무엇을 전하고자 하는지 충분히 느끼고 공감한다. 혼자여서 행복하고, 혼자여서 자유로울 때가 있다. 혼자일 때 나로 오롯해지는 기쁨이 있는 것이다.

봄, 여름, 가을을 거쳐 다시 찾은 겨울 속의 산이다. 아무리 게을러도 계절마다 한 번씩은 다녀가리라 마음을 먹었었다. 봄을 따라 아이와 걸었던 발자국, 땀을 흠뻑 쏟으며 친구와 올랐던 여름날의 추억, 단풍 드는 가을날 생각에 잠겨 홀로 걸었던 기억을 따라 쉬지 않고 걸어서 하늘과 가까운 자리에 올랐다.

거칠 것 없이 펼쳐진 문장대의 경이로운 풍경을 마주하면 추위도 말끔히 사라지고 세상에 욕심날 것이 아무것도 없다.

싸락눈이 따갑게 휘날린다. 바람이 휘청 몸을 밀어내지만 나는 더 힘껏 산을 끌어안는다. 오래전, 눈만 뜨면 산으로 달려가던 때가 있었다. 비가 오면 비를 맞고, 눈이 오면 눈을 맞으며 그렇게 산에다 마음을 두고 살았던 적이 있다. 지금은 예전만큼 산을 자주 만나지는 못하지만 아직도 산은 첫사랑의 느낌으로 기쁘고 설레게 다가온다. 살면서 복잡한 마음이 들거나 위안이 필요할 때에도 산으로 간다. 사람보다 훨씬 더 다정하고 너른 품일 때가 있기 때문이다.

산은 여전히 묵묵하다. 그 묵묵함 속을 걸으며 나를 돌아보고, 누군가를 위해 기도를 하고, 삶의 본질에 대해 명상한다. 걷고 또 걷다 보면 내가 나를 향해 걸어 들어가는 지혜의 길을 통과하게 된다. 공자는 어진 사람은 산을 좋아한다고 했다지만 산의 품에 들었을 때 비로소 어진 내가 되는 듯하다.

누구나 한 줌 재가 되어 흙으로 돌아갈 것임을 안다. 돌아갈 본향임을 알기에 본능적으로 몸과 마음이 자연으로 기우는지 모른다. 보잘것없는 나의 넋이 나무에 깃들어 산이 되면 좋겠다. 사람 걸어오는 따뜻한 숲이 되어 다시 만나고 싶다.

아름다운 것을 아름답게 보기

해 질 무렵, 아파트를 벗어나 들길로 들어서면 그곳은 한마디로 노을 맛집이다.

말로는 다 표현할 수 없을 만큼 아름답게 물드는 노을을 마음껏 음미하며 아이와 손을 잡고 천천히 걷는다. 행복은 자연 속에 가장 깊이 있다는 것을 진하게 느끼는 시간이다.

누렇게 익어 가는 벼들이 들판을 풍요롭게 채우고, 소진한 하루의 빈자리는 붉은 노을로 가득 채워지고 있다. 아낌없이 내어주는 따뜻한 자연의 품에 들면 몸도 마음도 다 편안해져서 사는 이야기가 순하게 딸려 나온다.

객지에 있던 아이들이 집으로 돌아오면서 함께하는 시간이 많아졌다. 함께하는 시간이 많을수록 대화도 많아졌으며, 그로 인해 훨씬 더 깊이 있게 소통을 하고 있음을 느낄 수가 있다. 어리면 어린 대로 받는 기쁨이 컸지만, 이제 마음의 눈높이를 함께할 수 있을 만큼 성숙해진 아이들을 볼 때면 대견함과 함께 행복감이 밀려온다. 서로의 어떤 이야기에도 허물없이 귀를 열어 줄 친구를 둔 것처럼 든든하기 때문이다.

그러나 아이들과 이야기를 나누다 보면 가끔은 너무 복잡한 어른이 되어 사는 나를 발견하고는 한다. 혼자일 때는 의식조차 하지 못한 채 무겁게 살고 있었다는 것을 알 수 있다.

아이와 산책을 하며 노을에 취해 무심코 한마디를 뱉었다.

"너무 아름다운 것에는 슬픔이 묻어 있기도 해."

그러자 아이는 이해하기 힘들다는 듯한 표정으로 나를 보며

"왜? 나는 아름다운 건 그냥 아름답게 느껴지던데!"

참으로 군더더기 없는 명쾌한 말이 돌아왔다.

아직은 큰 굴곡이 없는 삶에서 나온 해맑은 말이겠거니 싶었지만 마음 어딘가 여운이 남는 한마디였다.

아름다운 것을 아름답게만 볼 수 있는 정직함이야말로 얼마나 순수한 감성인가.

나는 그 어떤 것에도 하나를 보태서 둘을 만들고, 둘에다 둘을 더 보태느라 정작 본연의 것을 바로 보지 못할 때가 많았음을 고백한다. 어른이라는 이유로 작은 일도 지나치게 걱정하고 슬퍼하며 감정을 과잉, 과장하여 살고 있지는 않았는지 되돌아보게 하는 말이다.

복잡할 때는 오히려 단순함이 철학이 되듯, 아무런 이입 없이 아름다운 것을 오롯이 아름답게 볼 수 있어야 하는 맑은 지혜를 아이를 통해 다시금 깨닫는 순간이다.

'내가 행복해야 다른 사람에게도 행복을 줄 수 있다.'라는 이 평범한 진리를 나는 철석같이 믿는다.

스스로 행복하다고 느끼며 말하는 요즘은 아이들과의 대화에도 별다른 굴곡이 없다. 예전이라면 잔소리로 들었을 법한 말들도 지금은 귀를 기울이고 수긍을 한다. 행복한 엄마로 느껴지기에 아이들도 무엇이든 편안히 받아들이고 있는 듯하다. 내가 행복하지 않으면서 다른 이에게 행복을 말할 수는 없다.

행복은 노을처럼 아름답게 번진다. 행복이 가득한 사람을 만나면 나도 모르게 그 행복에 물들어 함께 웃는다. 그래서 행복한 사람 곁에는 행복한 사람이 있게 마련이다.

소소한 일상을 나누며 함께 보고, 함께 대화하는 평범한 산책의 시간이 더욱더 고맙고 소중하게 다가온다. 이런 행복감은 참으로 고요하고 평화롭다.

아이가 들으라는 듯,

"아, 노을이 너무너무 예쁘네!"

그에 화답을 한다.

"그래, 하나도 슬프지 않고 너무너무 예쁘다!"

티 없는 웃음을 쏟으며 다시 아이의 손을 잡는다. 뭉클한 행복감이 전해 온다. 이 따뜻한 기억을 오래 간직하며 살아가고 싶다. 아름다운 노을이 배경으로 놓인 들길을 걸으며 행복을 이야기하고, 아름다움을 이야기하고, 서로를 이야기한다.

살다 보면 왜 슬픔이 없겠는가. 그러나 슬픔이 기쁨을 더 반갑게 만나도록 하고, 불행이 행복을 더 소중히 여기도록 하는 이 변하지 않는 순리가 인간을 더욱더 성숙하게 살게 한다는 것을 언젠가는 아이도 알게 되리라 믿는다. 그때쯤이면 어떤 고통이나 슬픔도 모두 아름다운 무게로 행복 속에 깃들게 된다는 것을 이해할 수 있으리라.

아름다운 것을 오롯이 아름답게 보는 작은 사실 하나가 오늘 참 새롭다. 노을이 지고 어둠이 밀려온다. 꼭 잡은 손과 손이 환한 길이 되리란 걸 서로 알고 있다.

따뜻한 주머니 하나

내 삶의 밖에 있던 누군가를 마음 안으로 들이는 것은 평범한 듯 보이지만 결코 평범하지 않은, 어쩌면 기적과도 같은 일이다.

어느 작가는 모든 기쁨은 인간관계에서 온다고 했을 만큼, 어떤 사람을 만나서 어떻게 관계를 맺고 사느냐가 삶의 행복을 좌우한다. 지금 내가 행복하다고 여기는 가장 큰 이유도 사람이다.

그녀와의 첫 만남을 떠올려 본다. 내가 건넨 첫인사는 무엇이었는지, 그녀는 나에게 어떤 말로 처음을 시작했는지, 아무리 더듬어도 희미하기만 하다. 혹시 그녀에게는 저장이 되어 있을까 물어보았지만 나와 크게 다르지 않은 기억이었다. 자주 그렇듯 속성이 가벼운 말은 흩어져 날아가 버렸고, 곱게 다가오던 그녀의 첫인상만이 잔상으로 남아 있다.

몇 해 전 겨울이었다. 첫 시집을 내고 얼마 후, 함께 모임을 하는 지인이 전화를 해 왔다. 나를 만나 보고 싶어 하는 이가 있다는 것이다. 그리고 그녀는 나의 시를 읽고 느낀 감상에 본인의 심정을 보태어 적은 문자로 이따금씩 연락을 해 왔다. 문자로 읽히는 그녀는 어쩐지 지쳐 있는 듯했고, 감당하고 있는 삶의 무게가 힘겹게 느껴지기도 해서 어쩌면 따뜻한 위로가 필요한 사람이겠다는 짐작이 들고는 했다.

계절이 지나고 여름이 다가올 무렵, 우리는 어느 카페에서 만났다. 그녀는 문학 단체 모임이 있을 때면 먼발치에서 스쳐보았던 얼굴이었다. 왠지 모르게 그녀여서 더 반가웠다.

그렇게 그녀는 예상과 다르지 않은 모습으로, 그리고 예상과는 훨씬 다른 모습으로 내 안으로 씩씩하게 걸어 들어왔다.

나이테가 늘면서 인연을 맺는 것에 있어 소극적으로 변하고 있는 나를 느낄 때가 있다. 원래도 누군가를 가볍게 만나고 쉽게 헤어지는 데 익숙한 편은 아니지만, 새롭게 누굴 알아 가고 맞추어 가는 것에 있어 예전만큼 정성을 들일 기운이 소진된 탓인지도 모르겠다. 그리고 이미 연륜이 쌓인 만남은 조금 더 어른이어야 하는 조심스러움이 바탕에 깔리게 된다. 그래선지 격의 없이 대할 수 있는 오래된 사람이 편하고 좋다는 말에 나도 동의하고 있었던 듯하다.

하지만 그녀는 그런 편견을 깨고 내 곁으로 다가왔다. 그리고 귀한 인연이라고 말한다. 새로운 사람을 만나야 새로운 나로 살아갈 수 있다는 것을 이미 알고 있는 그녀였다.

얼마의 시간이 지나서 나는 어색했던 호칭을 언니로 바꾸어 부르기 시작했다. 관계에 있어 호칭이 얼마나 중요한지 경험으로 알고 있기에 조금 더 편안한 사이가 되기 위해서였다. 그 덕분에 지금은 속엣말도 스스럼없이 하게 되었고, 함께 글을 쓰는 문우로 이런저런 고민도 나누는 사이가 되었다.

가까이서 본 그녀는 자신보다 낮은 곳에 마음을 두고 보듬을 줄 아는 따뜻한 사람이다. 그리고 무엇보다 자신의 고단한 삶을 글로 풀어내며 위안받을 줄 아는 지혜를 가졌다. 작고 여린 그녀가 남들보다 더 씩씩해 보이는 이유다. 행복의 조건을 두루 갖추고도 만족할 줄 모르는 사람이 얼마나 많은 세상인가.

인연을 맺는 것도 아주 큰 용기를 필요로 한다. 가까워지고 싶은 사람에게 먼저 마음 내밀어 다가가는 용기는 그녀의 값진 재산이라는 생각이 든다. 고맙게도 용기 내어 내게 다가와 주었으므로 나는 추운 겨울 시린 손을 넣을 주머니 하나가 더 늘었다. 고맙고 귀한 인연이다.

용기가 준 선물

사람이 산다는 것은 일을 하고, 사랑을 하고, 공부를 하는 것이라고 어느 유명 철학자는 인생론에 서술해 놓았다. 물론 이 세 가지 중 어느 한 가지도 빼놓을 수 없을 만큼 인간에게 모두 중요하다. 하지만 나이가 들수록 일이 있어야 한다는 생각이 꼬리표처럼 따라다녔다. 일이야말로 느슨해진 생활에 활력소가 되리라는 짐작이 들었기 때문이다. 그러나 어떤 일에 종일 매달리기에는 몸도 마음도 지치기 쉬울 듯하고, 또 즐기면서 할 수 있을 만큼 적성에 맞는 일을 찾기에도 쉽지 않았다.

직업을 가져서 돈을 번다는 단순한 목적은 별 매력이 없다. 어떤 일을 해도 그 안에 의미를 두고 즐기면서 할 수 있어야 행복하다는 것을 늘 염두에 두고 있었다. 그러다가 우연히 만난 지인의 소개로 여러 과정을 거쳐 교육을 받고 아이 돌봄이라는 직업을 가지게 되었다. 살면서 한 번도 생각해 보지 않았던 일을 시작하게 된 것이다.

아이를 낳아 키운 지도 까마득하다. 요즘 아이들은 어떻게 대해야 하는지 경험도 없다. '잘할 수 있을까?'라는 물음표를 쉽사리 지우지 못했다. 이런저런 생각으로 고민이 깊었지만 용기를 내어 보기로 마음을 먹었다. 그렇게 처음으로 만나게 된 아이들이 유나와 가온이었다.

어린이집을 다니고 있는 두 아이는 네 살이 된 여자아이와 남자아이로 쌍둥이였다. 한껏 긴장된 마음을 안고 처음 가정으로 방문을 했을 때, 낯선 사람에 대한 호기심과 조금은 경계가 섞인 눈빛으로 선뜻 다가오지 않던 아이들의 모습은 지금도 눈에 선하다. 아이들은 내가 낯설고, 나 또한 처음으로 마주하는 이 상황에서 어떻게 다가가야 하나 조금은 막막하던 순간이었다.

그렇게 만나게 된 작고 귀여운 두 아이와 시간을 보내게 되면서 《아이들은 어둠의 역방향》이라는 책 속의 글귀를 나는 온전히 실감하게 되었다. 낯가림은 오래지 않아 사라졌고, 가까워지려고 애써 서둘지 않아도 될 만큼 금세 친근해졌다. 내가 맡은 아이는 유나였고, 가온이의 담당자는 따로 있었지만 우리는 누가 담당이랄 것도 없이 두 아이와 어우러져 신나는 시간을 보내게 되었다. 동화책을 읽어 주고, 퍼즐을 맞추고, 음악에 맞추어 율동을 하며 여태껏 알지 못했던 전혀 새로운 경험을 하게 된 것이다.

얼마의 시간이 지나지 않아 아이들과 흠뻑 정이 들었다. 어느 때는 집으로 돌아갈 시간이 되면 품에 매달려 가지 말라고 보채기도 하고, 끝내 울음을 터뜨리기도 하는데, 그런 모습을 볼 때면 얼마나 사랑스러운지 꼭 안아 줄 수밖에 없다. 특히 가온이는 담당자에게 눈치가 보일 정도로 나에게 애정 표현을 한다.

사정이 생겨서 며칠 동안 만나지 못한 적이 있다. 그 시간 동안 아이들이 궁금하고, 보고 싶을 때면 찍어 둔 사진을 들여다보고는 했다. 어느새 아이들은 내 마음 깊은 곳으로 들어와 천사의 얼굴로 웃고 있었다. 다시 만난 날, 아이들이 나를 많이 기다렸다고 귀띔을 해 주는 아이 엄마의 말은 참으로 반가웠다.

가온이는 자주 내 손을 잡고 유나를 벗어나 아무도 없는 놀이방으로 이끌고 간다. 유나를 맡은 나로서는 우선적으로 보호해야 할 의무가 있으니 어쩔 수 없이 유나에게 먼저 신경을 쓸 수밖에 없다. 무엇이든 내게 매달리는 가온이가 이해하기에는 너무 어리다. 어느 때는 책에서 배우는 딱딱하게 정해진 이론과 책임으로만 아이들을 대할 수는 없다는 사실을 마주하기도 한다. 그러나 나는 조금이라도 이해할 수 있도록 미끄럼틀이 붙어 있는 작은 공간의 집으로 아이들을 한 명씩 데리고 가서 짧지만 둘만의 시간을 보낸다.

며칠 동안 만나지 못한 사정에 대해서도 설명을 하고, 그래서 많이 보고 싶었다는 이야기도 덧붙인다. 또 가온이에게는 무엇이든 유나에게 양보하는 가온이가 너무 멋지고 착하다고 머리를 쓰다듬어 칭찬해 준다. 그럴 때면 귀를 기울여 가만히 내 이야기를 듣고는 마치 다 알아듣고 이해했다는 듯 고개를 끄덕인다. 그리고 손가락으로 나를 짚으며 "좋아! 좋아!"라고 한다. 그 후로 가온이는 더욱더 자주 내 손을 잡아 이끈다. 그것은 둘만의 시간을 가지고 싶다는 귀여운 신호다.

유나는 가온이가 가진 것은 모조리 뺏거나 욕심을 부리는 경우가 잦다. 뺏기지 않으려고 방어를 할 때면 유나는 목청껏 울어 젖힌다. 그럴 때면 사람들은 으레 가온이에게 양보를 강요한다. 큰 소리로 우는 쪽이 훨씬 더 약자로 보이기도 하고, 또 조금이라도 빨리 그 상황을 무마시키려는 어른들의 간섭이기도 하다. 그러나 실상을 보면 늘 양보하고 빼앗기는 쪽은 가온이어서 보기에 안쓰럽다.

그렇게 온순한 가온이도 참다가 더 이상 참을 수가 없을 때면 이 자국이 선명하도록 유나를 깨물어 버린다고 한다. 터울이 없는 쌍둥이에게 관심과 사랑을 골고루 나누어 주기에는 아이 엄마도 힘이 부치는 모양이다. 나는 그런 가온이에게 조금 더 마음이 기운다. 아이의 속상한 마음을 알아주고 어루만져 주는 일 또한 내가 해야 할 일이다. 그렇게 조금씩 교감이 되면서부터 책을 읽을 때도 내 무릎 위로 엉덩이를 디밀고, 어떤 놀이를 할 때도 내 손을 잡고 놓지 않는다. 내가 아이를 돌본다고 하지만 오히려 아이가 나를 기쁘게 하고 행복하게 만드는 시간이 되고 있는 것이다.

이제 아이들을 만나는 시간은 소중한 일상이 되었다. 아이들에게 가는 길은 늘 즐겁다. 내가 행복하다고 말하면 사람들은 잘 믿지 못하는 눈치다. 아이들과의 관계를 단순히 일로만 받아들인다면 힘든 시간이 될 것이다. 어른처럼 이성적이지도 않고, 감정 통제가 발달되어 있지도 않은, 그야말로 천진한 아이이기 때문이다. 그러나 아이의 눈높이에서 순수하게 만날 때, 아이가 전해 주는 깊은 행복감은 보람으로 다가온다. 상대가 얼마나 진심으로 대하고 즐거워하고 있는지 아이라고 모르지 않는다. 아이들이 느끼는 감각은 오히려 어른보다 훨씬 더 섬세하다.

우리 삶은 용기로 인해 더욱더 행복한 길로 나아간다고 믿는다. 그 용기가 아름다운 인연을 만들기도 하고, 제자리에 안주하지 않도록 등을 떼밀어 더 행복한 곳으로 걷게도 한다. 용기 내어 결정하고, 용기 내어 다가간 덕분에 나는 상상 그 이상의 기쁨과 행복을 안겨 주는 두 꼬마 친구를 만났다. 아이들과의 만남은 행복의 범위를 한층 더 넓혀 준 고마운 선물이다.

이렇게 가족이 되어 간다

"오늘 저녁은 내가 살 테니 너들 먹고 싶은 거 실컷 먹어라!"

음식을 주문하기도 전 카드부터 먼저 내미는 엄마다.

이제 자주 있는 기회는 아니지만, 요즘 아이들이 쓰는 흔한 말로 그 좋다는 '엄카' 찬스가 찾아왔다. 그런 엄마의 모습을 보며 내 지갑 깊숙한 곳에도 '엄마 카드'를 아껴 두는 상상을 한다.

얼마 전 딸아이가 결혼을 했다. 이제 저도 완전한 제 편이 생겼으니 보내는 서운함보다 든든하고 기쁜 마음이 훨씬 크다. 결혼식을 끝내고 한동안은 여기저기 인사를 다니느라 바쁜 모양새였다. 피곤하기도 하겠지만 그렇게 어른이 되어 가는 것이다.

며칠 전에는 아이들과 함께 청주에 계신 친정 엄마께 인사를 다녀왔다. 결혼 전에도 뵌 적은 있지만 이제 결혼 후 정식으로 손녀사위가 되어 찾아뵙는 것이었다.

엄마 가까이에 사는 동생네도 모두 모였다. 막냇동생네가 새집으로 이사를 하게 되어 초대를 받기도 한, 겹으로 축하를 나누는 자리였다. 점심은 식당에서 삼계탕으로 해결을 한 다음 동생네로 갔다. 아주 널찍하고 풍경이 좋은 아파트였다. 서로 이런저런 덕담을 나눈 후, 조카들은 저희끼리 모여서 노느라 정신이 없고, 어른들은 어른들끼리 이야기를 나누며 웃고 떠드는 자리였다.

친정 식구들은 여행을 좋아한다. 모이면 가까운 곳에라도 꼭 바람을 쐬러 가고는 한다. 멀리에 사는 나의 가족을 제외하면, 고만고만한 거리에 사는 형제들은 특별한 일이 없는 한 기꺼이 함께 동참을 한다. 특히 큰 제부는 시간이 나면 어디든 가족과 여행 가기를 즐긴다. 고맙게도 그 자리에는 늘 엄마도 함께다. 누가 모셔 가지 않으면 혼자서는 여행을 갈 수 없기에 어디든 엄마를 모시고 다니는 동생네가 특히 더 고맙다.

그렇게 모여서 결혼 축하와 새집 입주 축하를 함께 하며 다과를 즐기다가 가까운 법주사를 가기로 입을 모으고 모두 길을 나섰다. 열두 식구의 왁자한 나들이다. 비가 오락가락하기도 하고 다시 해가 쨍하게 나기도 하는, 무덥고 변덕스러운 장마철 날씨였지만 늘어난 새 식구와 함께하는 여행이 모두 즐거운 눈치였다.

어느덧 나도 장모의 자리에 서서 엄마도 사위도 둘러보게 되었다. 사위는 백년손님이라는 말이 있을 만큼 두고두고 어렵다고 했다지만 나는 그냥 편안한 식구로 여기기로 했다. 다행히 착하고 순한 심성이어서 정을 들이는 데 오랜 시간이 걸리지는 않겠다. 백 년이 지나도 가족이 아닌 손님으로 대접해야 한다면 얼마나 불편하겠는가. 그런 손님을 셋이나 두었으니 엄마의 고충도 이제야 새삼 헤아려 보게 된다. 친정 엄마는 손녀사위가 참 착하고 예쁘다는 말씀을 반복하시며 흐뭇해하셨다.

후텁지근한 더위에 다들 땀을 뻘뻘 흘리면서 법주사를 걷고 돌아 나와 시장기를 안고 인근 식당으로 향했다. 엄마는 앞장을 서서 식당으로 들어가셨다. 나이가 들면 보통은 경제권을 자식에게 맡기고 뒤로 물러서 있기 십상이지만, 엄마는 많은 식구의 밥값을 기꺼이 내시겠다며 떡하니 카드를 내미신다. 그 모습이 어쩐지 멋있어 보였다.

보통 때라면 자식들이 모으고 있는 회비로 모든 지출을 하지만 오늘은 기분 좋은 엄마께 한턱낼 기회를 드리기로 했다. 아직은 기죽지 말고 당당한 엄마의 자리를 느껴 보시라는 뜻도 내심 담겨 있었다. 이렇게 먹는 밥은 어떤 것이든 맛있게, 더욱더 든든하게 느껴지는 음식이 된다. 엄마의 따뜻한 마음을 보태어 먹었기 때문이다. 그렇게 저녁을 배불리 얻어먹고 잠시 그친 비 사이로 아쉬운 인사를 나누고 헤어져 집으로 돌아왔다.

첫 외가 나들이의 느낌은 어땠는지 사위에게 물어보지는 않았지만, 아내의 외가는 이런 분위기로 살고 있다는 것을 경험하고 파악했을 것이다. 요즘의 새내기 부부들이 친가나 외가 식구들과 어울릴 일이 무어 그리 잦겠는가. 그러나 자주 만나야 정이 든다. 가끔은 삐거덕거리면서 또 그렇게 정들이며 사는 것이다.

연신 손녀사위가 예쁘다며 좋아하시는 외할머니를 보며, 어색하고 멀게만 느껴질 수도 있는 사이가 조금은 친근해지지 않았을까 싶다. 무더운 날씨에 기꺼이 나들이에 함께해 준 사위에게도 고마운 마음이 든다. 아무리 편하게 대한다고 해도 어려운 자리였을 텐데, 즐거웠다며 웃는 모습이 다정하다. 아직은 장모라는 사실도, 사위라는 호칭도 영 어색하지만 이렇게 조금씩 어른이 되어 가고, 이렇게 또 가족이 되어 살아가는 것이다.

귀 무덤

두 사람은 입맛이 없는 듯 음식에는 별 관심이 없다. 고기도 몇 점 먹는 둥 마는 둥 젓가락을 내려놓았다. 건네주는 말들을 반찬처럼 뒤적거렸으나 그것도 영 맛이 나지 않는 모양새였다. 어쩌다가 언니가 동생에게 말을 걸고, 동생이 언니에게 몇 마디 건네기도 했지만 그 말은 테이블을 다 건너기도 전에 이미 소리의 형체를 잃고 말았다.

"하나도 안 들리여!"

"뭐라카나?"

"……."

뜨거운 불판 위에는 지글거리며 고기가 익어 가고 있었다. 매캐한 음식 냄새와 자리를 가득 메운 말소리는 식당 안을 더욱더 복잡하게 느껴지도록 만들었다. 모처럼 만난 사촌들은 서로의 이야기와 음식으로 입안이 가득했는데, 그 사이에는 멀뚱한 표정의 두 여인이 말없이 앉아 있었다.

그들은 수년이 지나서야 겨우 얼굴을 마주한 자매였다.

평생 농사를 지으며 건강하게 살던 언니는 구순이 다 된 나이에 담낭암 진단을 받았다. 나이가 많아 전이 속도는 느리다지만, 그래도 언제 어떻게 될지 모르는 일이라며 양가 자식들이 만남의 자리를 준비한 것이다. 사는 지역이 다른 만큼 실상은 마지막 만남이 될 수도 있다는 뜻이었다.

젊어서는 먹고사는 일에 치여 서로를 그리워할 여유도 없이 지냈다. 저승 문턱에 가까워져서야 비로소 두 손을 잡고 눈물을 쏟으며 피붙이에 대한 진한 정을 보인다.

오랜만에 만났으니 그동안 묵혀 둔 이야기가 많을 테지만, 긴 세월에 이야기도 늙었는지 아무리 뜨거운 불판에 올려놓아도 익지 않을 질긴 말들만 서로 중얼거리고 있었다. 자식들이 곁에 앉아 서로의 말을 귓속으로 옮겨 주고는 있었지만 흘리는 게 더 많았을 것이다.

귀가 어둡기는 동생도 마찬가지였다. 오래 못 본 사이 서로의 얼굴은 많이 달라져 있었지만, 귀는 더 또렷하게 닮아 있는 자매였다. 그렇게 흘린 말을 다 주워 담지도 못한 채 식사 자리는 마무리가 되었고, 몇 해 전 새로 지었다는 언니의 집을 구경하기 위해 동생은 불편한 무릎을 세워 걸음을 옮겼다.

나이가 한참이나 많은 언니의 청력은 그렇다손 치더라도 이제 막 칠십 중반을 넘긴 동생은 어쩌다가 언니보다 더한 귀동냥을 하게 된 것일까.

남편의 크고 작은 병치레로 이른 나이에 집안의 가장으로 살아야 했던 동생은 젊음을 담보로 방앗간을 운영했다. 잠을 아끼며 밤낮으로 고추를 빻고 기름을 짰다. 정이 많고 인심도 좋았던 덕에 손님은 넘쳐났고, 돈도 아쉽지 않게 벌어서 늦게나마 살림을 일구었지만 그러는 동안 잃은 것도 많았다. 남편을 잃었고, 자식을 잃었고, 종래에는 청력도 잃었다.

방앗간의 시끄러운 기계 소리에 몸의 소리가 축이 나는 줄도 모르고 눈만 뜨면 일에 쫓겼다. 소리가 소리를 잡아먹는 줄은 꿈에도 몰랐다. 방앗간 일을 손에서 놓고서야 겨우 몸의 소리를 인식하기 시작했지만, 너무 늦은 것이다. 비싼 보청기를 해 넣어도 소리는 전처럼 돌아오지 않았다.

말과 말은 사람과 사람 사이를 가장 친근하게 엮어 준다. 한평생 말로 소통하며 별 어려움 없이 사람 속에 있었으나 이제 귀 밖으로 흘리는 이야기가 반이었으니, 말을 하는 사람이나 말을 듣는 사람이나 서로가 불편했을 것이다. 귓속으로 드는 말보다 눈치가 더 빨리 들 때면 어쩔 수 없이 주눅이 들기도 하고, 남들과 어울리는 자리도 조금씩 편하지 않게 되었다.

말로 어울려 살아가던 평범한 일상이 이제 이들 자매에게는 더 이상 평범한 것이 아니게 된 것이다. 언니는 가까이에 있는 마을회관에도 가지 않고 오로지 집이나 텃밭에서만 시간을 보낸다. 이제는 건강마저 좋지 않으니 더욱더 혼자다. 그러나 언니와는 성격이 다른 동생은 비록 속으로는 기가 죽을지언정 친구들을 만나고, 노인 일자리를 찾아 용돈도 벌어 가며 일상의 행복을 놓지 않고 살아가고 있다.

언니는 집을 둘러보고 난 동생 손을 서둘러 잡아끌고 소파에 앉힌다. 말이 고픈 눈치다. 정확한 주파수를 잃고 잡음으로 지지직거리는 귀를 가진 두 자매가 서로의 무릎을 바짝 붙이고 앉아 그들만의 대화에 빠져 있다. 소리와 맞바꿔 키운 자식인들 침이 튀는 저 말들에 고분고분 귀를 내어 주려 할까. 눈이 닳고, 귀가 닳고, 뼈가 닳도록 열심히 살았다는 것을 알아주는 이는 같은 사정을 지닌 사람일 것이다. 더구나 피붙이의 애틋함이 오죽하겠는가.

단 하나의 소리도 흘리지 않으려는 듯 귀에다 입을 바짝 붙이고 서로의 말을 열심히 가다듬어 경청하고 있다.

살아 있는 몸에도 먼저 생기는 무덤이 있듯, 저기 한생을 아름답게 살아 낸 자매의 귀 무덤이 한 장의 사진으로 소박하게 남겨진다.

멍에

하얀 국화 송이에 묻혀 미소를 짓고 있는 그녀는 어딘지 낯설었다. 생전의 그녀 모습은 웃음과는 별로 어울리지 않는 느낌이었지만, 어쩌면 저 환한 표정이 그녀의 고유한 생김새였는지도 모른다는 생각이 그녀의 죽음 앞에서야 들었다. 웃음기 마른 무뚝뚝한 표정을 지녔던 그녀와는 다르게, 분홍색 한복이 썩 잘 어울리는 사진 속의 모습은 아직 곱고 평온해 보였다. 돌아보면 누구나 그랬다. 울음은 산 자들의 몫이라는 듯, 이승에서 아무리 슬프고 고단했던 사람도 마지막은 웃는 얼굴을 남기는 것이었다. 비록 찰나에 담긴 한 장의 웃음이라고 해도 남은 이들의 울음을 다독이는 고인의 마지막 배려 같은 모습이었다.

"언니, 나 왔어. 정신 좀 차려 봐. 눈 한 번만 떠 봐!"

"이모, 우리 왔어요. 알아보겠어요?"

"휴우………." 가족들의 긴 한숨 소리가 방 안에 무겁게 가라앉았다.

앙상하게 남은 그녀가 움츠려 모로 누워 있는 침대는 쓸쓸하리만치 크고 차가워 보였다. 이따금 통증으로 신음하는 그녀를 아들이 침대 위로 올라 뒤에서 일으켜 안았다. 마지막으로 동생을 한 번 보라는 뜻이었지만 그녀는 눈을 뜨지도, 말을 하지도 못하는 채 겨우 이어 붙이는 숨소리만 가늘게 전해져 왔다.

"언니, 이렇게 힘들어하지 말고 이제 그만 편안히 가!"

울먹이며 뱉어 낸 이 한마디가 혹시라도 그녀가 숨을 놓는 데 보태어졌을까 싶었는지 동생은 언니의 부고를 받고 자책했다.

추석 연휴가 다 지나기도 전 그녀가 위독하다는 연락이 왔다.

얼마 전 만났을 때만 하더라도 아직 기운이 넘쳐서 이런저런 참견으로 딸들에게 잔소리를 퍼붓던 그녀였다. 그녀는 담즙을 빼내는 인공 주머니를 옆구리에 달고 두 해를 건너 살고 있었다. 그 주머니만 눈에 보이지 않는다면 그저 구순의 나이 많은 노인이라고만 여겨질 뿐, 아픈 몸이라고 믿기지 않을 만큼 성정이 정정했다.

자식들의 만류에도 불구하고 그녀가 죽기 직전까지 손에서 놓지 못했던 것은 평생 멍에처럼 지고 살았던 농사일이었다. 틈만 나면 밭으로 나가 앉았다. 그렇게 마구 움직이면 안 된다고 나무라는 자식들과, 기어이 밭으로 가서 자꾸만 흙이 되고 있는 그녀와의 사이는 원만하지 못했다. 고랑에 쪼그려 몸을 움직일

수록 옆구리에 끼워 놓은 호스는 자주 빠졌고, 그럴 때마다 대구에 있는 큰 병원까지 다녀와야 하는 번거로움을 겪는 자식들은 그녀를 원망했다.

그녀를 돌보는 일만으로도 지쳐 있는 데다 농사일까지 요구하는 그녀를 자식들은 도무지 이해하지 못했다. 마음만큼 따라주지 않는 몸은 그녀를 더욱 날카롭게 만들었고, 그럴수록 자식들에게 밭일이며 집안일을 간섭하며 닦달했으니 그것은 늘 다툼의 원인이 되었다. 함께하는 시간이 길어질수록 병든 자신보다 곁에 있는 자식이 더 피폐해지고 있다는 것을 그녀는 짐작이나 했을까. 만날 때마다 쏟아 놓는 자식들의 하소연이 아니더라도 그녀를 미루어 보아 어떤 상황이었을지 눈앞에 훤히 그려지고는 했다.

자식들도 처음에는 그녀를 요양병원에 모셨다. 하지만 온갖 원망을 섞어 가며 소란을 피우는 바람에 어쩔 수 없이 집으로 다시 모셔 왔던 것이다. 육 남매나 되는 자식들 덕분에 그나마 시간적 형편이 되는 자식 두어 명이 번갈아 가며 수발을 드는, 요즘 보기 드물게 운이 좋은 노인이라고 할 수 있었다. 그러나 누군가의 삶을 돌본다는 것은 자신의 무언가를 포기하지 않으면 불가능한 것이었다. 오랜 상의 끝에 혼자 살던 막내딸이 다니던 직장을 그만두고 그녀의 곁에 와서 보살피게 되었지만, 아무리 허물이 없는 부모 자식 간이어도 서로를 온전히 이해하고 받드는 데는 한계가 있는 듯했다. 이런저런 불화를 겪으며 결국 자식 또한 병이 났고, 안타깝게도 환자는 두 명으로 늘어난 상황이 되었다. 부모는 열 자식을 다 건사해도 자식은 부모 한 명 보살피기가 쉽지 않음을 여실히 알 수 있었다.

다시 만난 그녀는 이미 의식이 없었다. 끝내는 사람도 알아보지 못하고 누워 지낸 지 달포를 넘기고 있다고 했다. 옆구리에서 흘러나온 비닐 주머니 속 검퍼레 한 액체는 한 사람의 영혼을 조금씩 조금씩 짜내고 있는 듯이 고여 있었다. 그 색깔만큼이나 자식들의 표정은 어둡고 지쳐 보였다. 감정이 격해질 때마다 모진 말이 오가고, 좋았던 기억마저 나날이 흐려지는 힘겨운 현실이 효도라는 말로 위로가 될 수 있을까를 생각하게 했다. 누가 더도, 덜이라고 할 것도 없이 서로가 딱한 형편이었다. 자식들은 하루빨리 이 짐스러운 일상에 마침표를 찍고 싶어 했다. 어떤 말도 위로가 되지 않음을 표정으로 말해 주고 있었다.

그렇게 그녀를 보고 돌아온 늦은 밤, 그녀는 드디어 멍에를 벗어 놓고 편안해졌다는 연락이 왔다.

그녀의 죽음 앞에 모두가 객관적이었다. 구순의 나이면 살 만큼 살았다고도 했고, 그동안의 사정이야 어떻든 요즘 흔치 않게 마지막까지 자식들이 돌보았다는 자부심으로 사촌들의 표정은 가벼워 보였다. 병든 한 사람을 가족의 곁에서 떠나보내는 일이 결코 만만치 않았지만, 나름대로 최선을 다했다고 믿는 자식들은 홀가분하게 그녀를 떠나보낼 수 있을 것이다. 어쩌면 그녀도 이만하면 되었다고 마지막 웃음을 건네는지도 모른다. 그녀에게 흙은 생의 증명이었을 것이다. 시커먼 통증을 끌고서라도 기어이 흙을 딛고 서야만 아직도 살아 있는 자신을 확인할 수 있었을 테니 말이다. 몸의 거죽처럼 달라붙은 멍에를 왜 그토록 내려놓지 못하고 고집했는지 결국 아무도 이해하지 못했다. 그녀를 두고 상주와 문상객 사이에 이런저런 말들이 오가고 있었다. 그러나 가장 가깝다고 믿는 가족이지만, 그래서 다 안다고 어떻게 단정 지어 말할 수 있겠는가. 한 사람을 다 알기에는 우린 너무 서툰 시간을 살고 있다. 누구도 다 모르는 그녀가 이제 온전히 흙으로 돌아갔다.

쪽 편지 부적

몇 십 년을 한자리에 살면서도 전혀 모르거나 생소하던 곳이 어느 날, 어떤 이유로 갑자기 눈에 들 때가 있다. 그 앞을 수도 없이 지나다니면서도 그동안 어떻게 한 번도 눈에 띄지 않았을까를 생각해 보면, 그것은 별다른 의미를 두지 않았기 때문이다. 사람이든 사물이든 모든 것이 마찬가지다.

주변에 있는 것 하나하나에는 모두 나름의 의미가 담겨 있다. 그러나 이런 평범한 의미는 삶 속에 그다지 큰 영향을 끼치지는 못한다. 나를 조금 더 풍요롭게 만들어 주었던 가치 있는 것들을 곰곰 꼽아 보자니 이런저런 다양한 모습으로 다가와 반갑게 손을 내민다.

그중에는 오래전 친구와 나눈 색이 바랜 편지도 있고, 아이들에게 받은 수많은 편지와 선물이 그때의 정성과 기쁨으로 고스란히 전해져 오기도 한다. 그 밖에도 여러 의미 있는 물건들을 펼쳐 놓고 보니 새삼 의미 부자라는 생각이 들어 즐겁다. 이런 의미들이야말로 행복한 삶의 형태가 되고 있었던 것이다.

얼마 전 친정 엄마께 다니러 갔을 때였다. 문학상 상금으로 받은 돈의 일부를 드렸더니 너무 좋아하시면서도 한편으로는 너한테 해 준 게 없다 하시며 미안해하셨다. 그러고는 미리 준비해 두었던 축하의 선물을 주셨는데, 그것은 다름이 아닌 당신이 평소 몸에 지니고 계시던 목걸이였다. 직접 주시면 받지 않을까 싶어 그러셨는지 함께 간 아이에게 막 전해 주고 있는 상황에서 내가 들어간 것이다.

이 나이가 되도록 목걸이 하나 걸치고 다니지 않는 딸이 안쓰러워 보이셨단다. 얼마 남지 않은 큰아이 결혼식 때 목에 꼭 하고 식장에 들어가라는 당부를 몇 번이나 하셨다. 사실 목걸이가 없는 것도 아니다. 하지만 원래가 몸에 치렁치렁 달고 있는 것을 불편해하는 성격인데, 엄마 눈에는 딸의 허전한 목이 마음에 걸리셨나 보다. 옛 어른들이 아직도 목걸이며 팔찌며 번쩍이는 패물을 부의 상징으로 여기는 이유인지도 모르겠다. 그런 엄마의 마음을 이해하기에 받은 목걸이를 가능한 몸에 붙이는 습성을 들이려고 신경을 쓰는 요즘이다.

사실 몸에 땀이 나거나 씻거나 할 때면 여간 걸리적거리는 것이 아니다. 어느 때는 빼놓고 잊었다가 둔 곳을 찾느라 진땀을 흘리는 때도 있다. 이런 값비싼 물질이 주는 번거로움과 불편함이 있지만, 그 속에는 결코 값으로 매길 수 없는 엄마라는 존재가 담겨 있기에 더욱더 소중한 의미로 지니려 애를 쓰는 것이다.

그러나 이 목걸이보다 더 소중하게 여기고 있는 것이 있다. 아주 오래전 엄마가 써 주신 쪽 편지다. 작은 메모지에 몇 글자 적혀 있지 않은 단순한 내용이지만 살면서 힘이 들거나 외로울 때면 한동안은 그 편지를 들여다보며 기운을 받고는 했다. 때로는 직접 만나는 엄마보다 편지로 만나는 엄마가 훨씬 더 다정한 위로가 되기도 했다. 내게 있어 쪽 편지는 일종의 부적과도 같은 것이었다.

아주 오랜만에 책장에 꽂아 둔 앨범을 꺼내 펼쳐 들었다. 삐뚤빼뚤한 글씨 속 엄마를 만나는데 또 코끝이 시큰하다. 긴 세월 속, 이제 엄마는 쇠약해졌지만 글은 그때의 그 마음과 기운으로 변함이 없다.

마음이 오롯이 담긴 글의 힘은 아무리 오랜 시간이 흘러도 약해지지 않는다. 어떤 수많은 말보다, 값비싼 그 무엇보다 이 짧은 내용의 글은 훨씬 더 크고 아름다운 의미로 나를 일으킨다. 이토록 소중한 기운이 담긴 쪽 편지 부적을 간직하고 있으니 나는 앞으로도 사는 일 참 따뜻할 것이다.

사랑하는 딸

엄마는 항상 너만을 생각하고

행복하게 살아 주길 바란다

사랑하는 딸에게

엄마가

피아노가 있던 자리

오랜 추억의 주인공이나 마찬가지인 아이의 의견을 무시할 수는 없었다.

"우리 이제 저 피아노에게 자유를 줄까?"

"안 돼, 내가 결혼하면 가지고 갈 거야!"

아이는 펄쩍 뛰었다.

애착의 깊이가 느껴져 반가운 말이기도 했지만, 별 가망이 없는 대답임을 이미 알고 있었다.

처음이라는 건 조금 더 새롭고, 조금 더 특별하게 다가오는 법이다. 사람은 더더욱 그렇다. 첫 만남, 첫사랑, 첫 직장……. 처음은 그렇게 더 설레고 더 애정을 쏟게 만든다.

외가에서 첫 손녀였던 아이는 친정 식구들에게 많은 예쁨을 받았다. 첫 조카가 태어남으로 이모가 된 동생들도 아이의 생일이 되면 기꺼이 와서 함께 축하를 해주기도 하고, 또 자식에게는 그렇게 무뚝뚝하셨던 아버지도 아이에게 줄 인형을 손수 사

들고 오시기도 했다. 그 인형은 더 이상 수선을 할 수도 없을 만큼 해지도록 아이는 가지고 놀았다. 너덜너덜해져 솜이 다 빠져나오는 인형을 차마 버리지 못해서 오래도록 창고에 간직해 두기도 했다. 아무리 작고 하찮은 것도 어떤 의미가 깃들면 쉽게 버릴 수 없는 무게를 지니게 되는 것이다.

아이가 유치원에 다닐 무렵, 부모님은 고가의 피아노를 사 보내셨다. 지금이야 어느 집에나 있는 흔한 피아노지만 그때만 하더라도 집에 피아노를 두는 일은 흔치 않던 때였다. 단풍잎 같은 작은 손에 육중한 피아노가 사랑의 선물로 온 것이다. 그 뜻을 알기라도 하는 듯 아이는 피아노와 어울려 행복하게 놀았다. 가끔은 학원을 함께 다니는 동네 아이들까지 몰려와 귀찮을 정도로 피아노를 두들겨 대고는 했다. 그렇게 첫정으로 찾아온 손녀에게 부모님은 무엇이든 해 주고 싶어 하셨다.

그 후 아이의 일상에는 늘 피아노가 함께했다. 작은 아이도 마찬가지였다. 피아노 선율은 가족이 함께 노래를 부르게 했고, 아이들의 정서에도 고운 뿌리를 내렸다. 그러나 오래도록 이어질 것만 같았던 소중한 행복은 아이들의 성장과 함께 서서히 멈추었다. 학교며 학원이며 시간에 쫓겨 밤이 늦어서야 귀가하는 아이는 여유를 잃고 있었다. 대학을 가고, 직장을 가고, 어느새 아이들의 손길은 피아노를 떠나 사회라는 거친 건반 위에 놓여 힘겨워하고 있었다. 그러는 사이 세상은 점점 더 진화해서 몸집도 줄고 무게도 가벼워진 다이어트 피아노가 덩치 큰 피아노를 몰아내고 있었다.

피아노가 차지하고 있는 자리가 조금씩 커 보이기 시작했다. 공간이 답답해 보이는 건 순전히 피아노 때문인 것만 같았다. 손녀를 향한 부모님의 사랑이라고 생각하며 아꼈던 무게와 부피가 서서히 정리의 대상이 되고 있었다. 오래된 피아노는 어느새 소리도 낡아 있었고, 인형처럼 창고에 넣어 둘 수도 없는 무게였다.

고민하며 몇 해가 더 지나는 사이 거실에는 요즘 유행하는 전자피아노가 떡하니 자리를 잡았다. 무음 연주가 가능한 전자피아노는 밤낮 구분 없이 언제든 연주를 할 수가 있었고, 시끄럽다고 이웃에서 민원이 드는 일도 없었다. 작은 소리에도 민감한 아파트의 생활은 피아노 소리조차 소음으로 전달이 되기 때문이다. 그러나 무음 연주는 가족 중 누구의 노래도 밖으로 불러내지 못했다.

그렇게 까맣게 잊기도 했다가 다시 '고민 창고'에 넣어 두고 이리저리 굴리기를 반복하다가 드디어 아이와 상의 끝에 피아노를 내보내게 되었다. 꽤 오랜 망설임이었다. 태산처럼 버티고 있던 무게를 남자 한 명이 와서 요령껏 잘도 실어 나갔다. 객식구처럼 눈치를 주던 피아노가 막상 사라지자 그 자리에는 후련함보다 훨씬 큰 서운함이 남았다. '든 자린 몰라도 난 자리는 안다.'라는 그 말은 사람만이 아니라 사물에도 자주 해당이 되었다. 아무리 오래되었다고는 하지만 부모님께 죄스러운 마음이 드는 것도 사실이었다. 의미 있는 선물이 아니었다면 별다른 고민 없이 떠나보냈을 테니 말이다. 아이 또한 피아노가 있던 자리를 보며 한동안 몹시 허전해했다. 그러나 한편으로는 버티고 있던 무게만큼 가벼워지기도 했다. 나이가 들수록 모든 거에서 가벼워져야 함을 느끼고 있었기 때문이다.

아직도 피아노가 있던 자리를 보면 친정 부모님이 보이고, 어린 딸들이 보인다. 행복한 그리움이 있던 자리로 남겨져 있기 때문이다. 그러나 지금은 또 다른 누군가를 만나서 더욱더 행복한 음을 내고 있을 것이라 믿는다. 이제 피아노는 사라졌지만 그보다 더 큰 사랑의 무게로 여전히 자리에 남아 아름다운 추억을 들려주고 있다.

안녕, 잘 가!

비가 내린다. 비는 추억을 불러오기에 알맞다. 이런 날이면 여자는 차 한 잔을 들고 비의 풍경이 선명한 발코니로 나선다. 시선은 아파트 너머 초등학교를 향해 있다.

먼 기억 속에서 한 아이가 훌쩍 뛰어나와 비를 맞으며 간다. 자그마한 등을 가졌다. 아침에는 멀쩡하던 날씨가 하교 시간에 맞추어 비가 쏟아지고 있었다. 넓은 운동장은 비로 가득했다. 가족 중 누군가가 들고 온 우산을 받고 여유롭게 집을 향해 가는 아이들이 있는가 하면, 아무런 가림도 없이 따가운 빗속을 뛰어가는 아이들도 있다.

아이는 한참 동안 학교 현관 앞에 서서 혹시나 엄마가 오지 않을까 하는 기대로 서성거렸다. 어쩌면 우산보다는 엄마 말이다. 그러다가 역시나 하는 마음으로 체념을 하고 굵은 빗줄기 속으로 발을 내디뎠다. 비는 금세 온몸으로 파고들었다. 학교에서 집으로 돌아가는 길은 그리 멀지 않았지만 그렇다고 비를 맞으며 가기엔 가깝지도 않은 거리였다.

그러나 우산이 없다 해도 비를 맞으면 그만이었다. 가끔은 마음까지 다 젖기도 했지만 해가 나면 거짓말처럼 말라서 아이는 깊은 어딘가에 얼룩이 남는 줄도 몰랐다.

하지만 무슨 일인지 그날은 달랐다. 다 젖어 온몸이 비가 되어 집으로 돌아와 보니 엄마는 동생을 품에 꼭 안고 낮잠에 곤히 들어 있었다. 아이만 빼고 다 평화로웠다.

'엄마는 나를 저토록 포근하게 안아 준 적이 있기는 할까?'

빗물이 뚝뚝 떨어지는 가방을 마루에 내려놓고 젖은 신발을 벗는데 서러움이 밀려왔다. 그러나 서러움은 마음 안의 아우성으로 끝이었다.

바쁜 농사철이면 아이는 엄마 대신 동생을 업고 다녀야 했다. 동네 친구들과 만나 놀면서도 늘 동생을 달고 다녔다. 아이에게 놀이란 동생을 돌보아야 하는 책임감도 필수 포함이었다. 내리 딸 둘을 두고 종가의 장손으로 귀하게 얻은 아들은 부모님은 말할 것도 없이 가족 모두에게 특별한 대상이었다. 아이 또한 당연한 듯 그런 동생을 위해 아낌없이 등을 내주었다. 살기 바쁜 어른들 다음으로 이 집에서는 아이가 가장 어른에 가까웠으므로 어쩔 수 없는 일이었다. 그러나 아이도 아직 어리다는 걸 부모님은 종종 잊은 듯했다.

비 오는 날의 기억은 그때의 아이에서 성장이 멈추어 있다.

아직도 그날의 작은 아이가 이 빗속을 향해 뛰어나오고는 한다. 흔적도 없이 사라졌던 얼룩이 축축해진 장마에 다시 선명해지는 것이다. 다른 건 다 두고라도 비 오는 날 우산 하나쯤 가져다주는 자상함이 있었더라면, 동생에게 빼앗겼던 작은 등의 자유도 그다지 서럽지는 않았을 텐데 말이다. 그 후 아이에게 우산은 꽤 오래도록 결핍의 상징으로 남아 있었다.

기억은 안개처럼 아득하기도 하지만 돌아보면 참으로 가까이에서 함께 살고 있다. 어떤 추억은 어제 일처럼 선명하게 남아 기쁨을 주기도 하고, 또 어떤 슬픔은 아무도 몰래 어두운 기억의 방에 홀로 웅크리고 있기도 하다. 그러나 그 기억들이 완전한 것인지 장담하기는 어렵다. 기억이란 조금은 과장되어 있거나 왜곡되어 남겨지기도 하고, 추억은 다르게 적힌다는 어느 노래의 가사처럼 하나의 사실을 두고 서로의 기억이 다르게 나눠지기도 한다. 희석되지 않은 기억을 골라내기란 쉽지 않음을 오랜 시간이 흘러서야 인정하게 되었다.

완벽한 듯 보여도 누구나 결핍은 있게 마련이다. 여자보다는 훨씬 자유로웠을 동생들과도 이야기를 나누다 보면, 동생은 동생들대로 여자가 모르는 결핍의 자리가 있었다. 나로 중심이 되는 기억은 얼마간의 불안을 지니고 있다. 여자의 이런 기억도 받았던 것에 대한 고마움보다는 부족했던 것에 부정을 입힌 기억으로 남겨 둔 것은 아니었을까.

비슷한 기억을 가졌을 그 시절 수많은 맏이들은 모두 가벼워져 살고 있을까?

유년의 아이를 편안히 놓아주는 시간이 필요하다. 지금의 여자는 결핍도 아름답게 여기는 힘이 있다. 어린 날 비를 가려 주는 우산은 받지 못했지만, 부모님은 천둥 벼락을 막아 주는 더 큰 우산이었음을 부정할 수 없다. 외로웠던 결핍의 자리에는 이제 다정한 우산이 여럿 있다. 누군가를 위해 기꺼이 내어 줄 우산도 있고, 나를 위해 씌워 줄 누군가의 따뜻한 우산도 있다고 믿으며, 스스로를 위해 씩씩하게 펼쳐 들 수 있는 우산도 있다. 이것은 결핍이 만들어 준 결과물이다.

가장 예쁜 우산 하나를 골라 아이에게 건넨다. 아이가 여자를 보며 환하게 웃는다. 여자도 웃는다.

잘 가, 안녕!

기억과 추억

어느새 친구는 울고 있었다. 마루가 있는 안채와 부엌을 지나 뒤채까지 천천히 둘러보며 눈물을 훔치는 모습에 소녀는 마치 무슨 죄라도 지은 것처럼 마음이 불편하고 미안해졌다. 오랜 시간이 지나고 나서야 그때 손이라도 잡아 주었다면 어땠을까를 생각했지만, 아직 그런 '시근머리'도 들지 않았던 소녀는 슬퍼하는 친구를 가만히 보고만 있는 것이 할 수 있었던 전부였다.

친구는 정미소 집 딸이었다. 무슨 병이었는지는 모르겠으나 아버지가 돌아가셨고, 더 이상 방앗간을 할 수 없게 된 친구네는 모든 것을 정리하고 서울로 떠났다. 그리고 그 정미소를 사서 이사를 온 새 주인은 바로 소녀의 아버지였다. 소녀 또한 영문도 잘 모른 채 행복하게 살던 곳에서 새로운 집으로 이사를 하게 되었으니, 한동안은 뒤란에 꽃피우던 석류나무를 떠올리며 떠나온 옛집을 자주 그리워하고는 했다. 나이 든 지금도 가장 행복하게 살았던 곳으로 옛집을 추억한다. 적어도 그때의 아버지는 젊고 건강했으며, 소녀는 별다른 걱정을 몰랐을 때였으니 말이다.

가족들은 먼저 서울로 떠나고, 친구는 마을에 방 한 칸을 얻어서 자취를 하며 홀로 지냈다. 그곳은 동네 친구들이 드나들며 아지트로 지내게 되었는데, 우리는 모여서 가끔 학교 가사 시간에 배운 꽈배기 모양의 과자를 만들어서 먹고는 했다. 밀가루 반죽을 해서 얇게 민 후, 예쁜 꽈배기를 만들어서 기름에 튀겨 낸다. 그다음 졸인 설탕물을 묻혀 내면 제법 고급스럽고 맛있는 주전부리가 되었다. 그 고소하고 달콤했던 추억의 맛은 이제 어디에서도 찾을 수가 없다.

그렇게 친구의 눈물도 마른 듯했고, 소녀도 새로운 집에 적응하려 애쓰며 조금씩 석류알처럼 굵어지고 있었다. 그러나 정미소와 살림집이 함께 붙어 있는 이 집을 소녀는 좋아하지 않았다. 방아를 찧을 때마다 집이 통째 흔들리는 듯한 기계 소리와, 발길이 끊이지 않는 사람들의 왁자한 소리로 집은 늘 시장통 같았기 때문이다. 더구나 정미소 일을 시작한 지 얼마 지나지 않아 소녀의 아버지는 자리에 앓아눕는 일이 잦아졌고, 시간이 지날수록 병세는 점점 더 깊어져만 갔다.

그렇게 소녀의 우울한 사춘기는 시작이 되었고, 친구도 가족이 있는 서울로 떠났다. 급기야 사경을 헤맬 정도로 건강이 나빠진 아버지로 인해 오래지 않아 소녀도 다시 이사를 해야만 했다. 친구가 눈물을 흘리며 떠났던 이 집은 소녀에게도 오래도록 회색빛으로 남겨진 곳이 되었다.

성인이 된 후 친구와 딱 한 번 만난 적이 있다. 가난하고 복잡한 서울 생활을 좁고 낡은 아파트가 말해 주고 있었다. 기어코 자고 가라며 잡는 친구 곁에서 하룻밤을 보냈지만 무슨 이야기를 나누었는지 기억이 나지 않는다. 그러나 둘은 같은 집에 살았던 기억과, 통증으로 남은 아버지 그리고 함께 꽈배기 과자를 만들어 먹었던 그 시절을 공유하고 있었으니 이야기는 밤 깊도록 길었을 것이다.

얼마 전 엄마를 모시고 동생들과 옛집을 더듬어 가 보았다. 오래된 기억은 부풀려 과장이라도 하고 있었던 듯, 마을은 형편없이 작고 초라했으며 옛집은 흔적도 없이 사라져 있었다. 너른 대청마루도, 뒤란의 석류나무도 다 사라져 버리고, 낯선 집 한두 채가 근래에 지어진 모습으로 자리하고 있을 뿐이었다. 유년의 짧았던 행복이 오롯이 그곳에 남아 있다고 여겼지만, 이제 현실에서는 더 이상 존재하지 않음을 눈으로 확인한 셈이다. 차라리 찾지 않고 마음에 간직했더라면 그리운 옛집 그대로의 모습일 텐데 하는 안타까움도 들었다. 그러나 소녀에게 행복으로 선명했던 옛집은 변함없이 간직할 따뜻한 고향이다. 눈에서 사라져도 마음에 남는 아름다운 것들이 있다. 그렇게 아쉬움을 뒤로하고 정미소가 있던 집으로 향했다. 동생들은 이미 설레는 목소리였다. 엄마와 소녀가 마주하는 어두운 기억과 동생들이 간직하고 있는 즐거운 추억, 기억과 추억의 다른 온도 차를 느끼며 그곳으로 향했다.

짧은 골목을 걸어 마주한 다 늙어 버린 집. 초라하게 남아 있는 이 집에서 누군가는 떠나고, 누군가는 두 귀가 다 닳도록 살았을 것이다. 그렇게 넓어 보이던 마당과 정미소는 마치 소녀가 올 때까지 안간힘으로 버티고 있었다는 듯, 볼품없는 모습으로 아직도 그 자리에 남아 있었다. 뒤란의 꽃밭을 이야기하는 동생들 뒤로 소녀는 홀로 삭였던 슬픔과 외로움으로 울컥거렸다. 지난날은 잊고 싶다고 잊히는 것이 아니었다. 아프다고 외면했지만 늘 마음 안에서 함께 살고 있었고, 그런 기억들이 조금 더 단단하게 성장하도록 만들었을 것이다.

더께가 앉은 회색빛 기억을 거두고 조금씩 가벼워져 추억을 만나고 있었다.

건강은 덤

"발 안 아파요?"

"세상에, 정말 대단하다!"

"맨발로 걸으면 어디가 좋아요?"

깜짝 놀라는 표정과 함께 뒤이어 따라오는 질문의 내용은 모두 비슷했다.

천봉산은 군데군데 얼어 있었고 3월 초의 날씨는 아직 차가웠다. 어느 누구도 맨발을 내어놓지 않던 때였으니 나에게는 작은 도전이었다. 거칠지만 부드러운 흙에 닿는 감촉이 싫지 않았다. 시리고 아픈 발은 어느새 후끈거리며 열이 나고 있었다.

요즘은 맨발로 걷는 사람이 많아졌으니 특별한 일이라고 할 것도 없다. 그러나 처음 맨발로 천봉산을 걷기 시작하면서 나는 무슨 기인이라도 된 듯 사람들의 눈길을 끌었다. 남들이 하지 않는 것을 앞서 한다는 건 크든 작든 그만큼 이목을 끌게 마련이다.

맨발로 걸어 보겠다고 마음을 먹은 건 한동안 식도염으로 고생을 하면서부터였다. 식도염뿐만이 아니라 이런저런 통증이 수시로 몸을 들락거리면서 덩달아 병원도 자주 오가게 되었지만 별 효과가 없었다. 점점 늘어나는 건 먹어야 할 약이었다. 병원에 갈 때마다 지나치게 많이 주는 약은 늘 불편했다. 세심한 진료와 환자의 고통을 헤아려 주는 마음이 우선이지만, 현실은 그저 급급하게 처방해 주는 불룩한 약봉지였다. 누구나 알고 있듯 약은 이중적이다. 약으로의 효능도 있었겠지만 그에 따른 부작용도 힘들게 경험하고 있던 시기였다.

그렇게 약을 먹기도, 그렇다고 안 먹을 자신도 없을 즈음 독서 모임에서 《맨발걷기의 기적》이라는 책을 읽게 되었다. 그러면서 약뿐만이 아니라 신발의 이중성에 대해서도 생각해 보게 되었다. 발을 보호해 줌과 동시에 몸을 옥죄고 있었던 신발은 먹어야 할지, 먹지 말아야 할지를 고민하게 하는 약하고 다를 게 없었다.

미련 없이 약을 끊고 신발을 벗기로 했다. 그동안 수도 없이 산을 걷고, 길을 걸으면서도 신발을 벗을 생각은 해 보지 않았다. 걸을수록 오히려 운동화 끈을 꽉 조였다. 신발 밖은 온통 위험한 것투성이라고 여겼기 때문이다.

그렇게 평범하지 않게 바라보는 맨발 걷기가 시작되었다. 처음에는 사람들이 많이 다니는 길 대신 한적한 길을 따라 걷고는 했다. 그러다 또 한동안 뜸하기도 했다. 따라붙는 눈길이나 물음들이 마냥 편하지만은 않았고, 게으른 탓이기도 했다. 대신 집 가까이에 있는 학교 운동장으로 맨발을 옮겼다. 그렇게 조금씩 굳은살이 생기면서 통증은 무디어지고, 얼마간의 시간이 지나자 신발을 신었을 때 오히려 몸이 무겁게 느껴지고 불편감이 들었다. 지금은 맨발로 꾸준하게 천봉산을 오른다. 물론 고생을 했던 식도염도 많이 나아졌다.

좁은 신발 속에서 건강이 퇴화하고 있었던 듯, 지금은 온통 맨발 걷기 열풍이다. 학교 운동장이며 산이며, 이제 어디서든 흔하게 만날 수 있는 맨발이 반갑다.

맨발로 걸어서 이런저런 병을 완치했다는 이야기도 종종 듣지만, 신발이라는 답답한 감옥에서 드디어 발을 해방시키는 자유의 시간에 닿았다는 것 또한 무척이나 기쁜 일이다.

맨발 걷기를 할 때면 만물의 기운이 가득 담긴 땅을 밟으며 원시의 나로 돌아가는 듯한 느낌이 들기도 한다. 맨발로 만나는 땅 앞에서 사람은 더욱 작아지고 겸손해질 수밖에 없다. 맨발은 몸을 낮추고 한 발 한 발 조심히 앞을 살펴 걸음을 놓게 만든다. 그동안 투박한 신발을 방패 삼아 얼마나 많은 것들을 무참히 지나쳤는지도 새삼 돌아보게 된다. 맨발은 건강 이전에 더 많은 것을 알게 하는 참회의 시간에 닿는 걸음인지도 모른다.

지금도 사람들은 물어 온다.

"언제부터 걸었어요?"

"효과는 있어요?"

"잠은 잘 자나요?"

아직은 어디가 어떻게 좋아졌는지 확실하게 말을 할 수는 없다.

그러나 신발 하나 벗었을 뿐인데, 몸도 마음도 전보다 훨씬 더 가볍고 자유롭게 느껴지는 이 사실 하나만으로도 맨발이 되기에 충분하다. 히포크라테스는 대자연이 바로 의사라고 했다. 물음을 거두고 흙에 닿아 걷다 보면 건강은 덤으로 따라올 것이다.

다시 새롭게 만나는 내 안의 나

이상훈

옛집

내가 태어난 옛집은 울퉁불퉁한 골목길을 잠시 걸어 들어가야 한다. 초가로 위채, 아래채, 헛간이 있었다. 위채에는 방이 세 개 있었는데, 안방은 그나마 조금 크지만, 안방 뒤에 쓰름매미처럼 붙어 있는 골방은 두어 평 남짓한 자그마한 방이었다. 안방 앞에는 자연석 댓돌이 하나 놓여 있어 안방을 드나들 때는 그 댓돌을 밟고 드나들었다. 안방 옆에 마루가 있고, 마루 끝에 작은 방이 하나 더 붙어 있었는데 그 방은 할머니가 오롯이 쓰시면서 '할매방'이 되었다. 할매방 옆에는 뒤주가 붙어 있었다. 안방 옆에는 부엌이 딸려 있어서 골방을 통하여 안방으로 연결이 되었다.

아래채는 외양간이 있고 그 뒤에 화장실이 붙어 있었다. 외양간 옆에 뒤주가 하나 더 있고, 그 옆에 방이 하나 있었는데, 큰형님이 결혼을 앞두고 새로 꾸민 방이었다. 그 방 뒤에 화장실도 따로 꾸며서 새댁이 쓰기에 편하게 신경을 썼다.

헛간은 집 뒤편에 따로 있었는데, 퇴비장과 염소 집을 겸하고 있었다.

마당에는 커다란 살구나무가 한 그루 서 있었고, 그 나무와 비슷하게 큰 포도나무가 감고 올라가 다정하게 살고 있었다. 살구가 뚝뚝 떨어지고 나면 청포도가 노랗게 익어 가는 것을 바라보면서 입맛을 다시게 했던 나무들이다.

뒤꼍을 돌아가면서 두어 그루의 감나무가 서 있고, 뒤란에는 장독대와 토란을 키우는 자그마한 텃밭이 있었다. 장독대 뒤에는 돌담이 서 있고 그 앞에 커다란 나리꽃이 여름이면 만발하여 그 거만한 자태를 뽐내곤 했다.

할매방 뒤에는 큰 가마솥이 걸려 있어서 쇠죽을 끓이는 용도로 주로 사용했고, 가을이면 한 번씩 메주콩을 삶을 때 쓰기도 했다. 모퉁이를 돌아서 할매방 옆에는 여물을 저장해 두는 곳이 있었다. 여물을 썰어서 수북하게 보관해 두었다가 일을 하고 들어오는 소를 먹이기 위한 여물간이었다. 그 앞에는 늘 작두가 있어서 언제든지 여물을 썰 수 있도록 했다. 여물간 옆에 두껍고 긴 판자가 오랫동안 소중하게 보관되어 있었는데, 바로 할머니가 돌아가시면 짤 관을 위한 나무였다.

안방에는 아버지와 어머니, 둘째 형과 셋째 형, 나 이렇게 다섯 명이 잤다. 아래채에 새 방이 마련될 때까지는 큰 형님까지 함께 썼으니 안방은 그야말로 온 식구가 복작거리며 살았던 삶의 본거지였다. 쌀을 찧어서 도장에 넣고 남을 때는 안방 윗목에 가마니째 들어와 함께 살았으니 안방에 사는 이런저런 식구들이 꽤 많았던 셈이다. 가끔 그 쌀을 노리고 감히 안방까지 엿보는 쥐생원 때문에 자다가 일어나서 소탕 작전을 벌였던 적이 자주 있었다. 적어도 쥐생원만은 안방의 일원에 절대로 끼어들 수 없는 존재였다. 봄과 가을에는 누에들에게 방을 빼앗기고 나는 그 좁은 할매방에 끼어서 자고, 아버지는 아예 다른 집 사랑방을 이용하셨다. 고추에게 방을 빼앗긴 적도 있고, 참깨, 들깨에게 양보를 한 적도 있었다.

안방은 또한 온 식구가 함께 밥을 먹는 자리였고, 일하는 자리였다. 아버지가 새끼를 꼬시는 자리도 안방이었고, 어머니가 바느질을 하거나, 옷을 다리고 꿰매시던 곳도 안방이었다. 가마니도 안방에서 짰고, 칼국수도 안방에서 밀었다.

큰형수님이 시집을 오셔서 처음으로 앉았던 방도 안방이었다. 내가 일곱 살이 되던 해, 열아홉 아리따운 새색시가 시집을 온다고 온 동네가 떠들썩했다. 트럭 앞자리에 탔던 형수는 연지곤지를 찍은 얼굴에 족두리를 쓰고 다소곳이 앉은 모습이 천사처럼 예뻤다.

내가 정말 좋아했던 할머니가 돌아가시고 염습을 했던 방도 안방이었고, 손자를 잃고 돌아와 어머니가 마냥 슬픔에 잠겨 눈물을 흘리시던 곳도 안방이었다.

그러고 보면 안방은 우리 가족의 기쁨과 슬픔이 녹아 있는 숱

한 사연들을 가장 선명하게 지켜보고 기억하고 있는 장소였다.

안방보다는 내게 은밀한 추억을 더 많이 가지게 한 곳은 자그마한 골방이었다. 엄마한테 혼이 난 후 밥을 안 먹겠다고 떼를 쓰면서 문을 닫아걸었던 곳이 바로 그곳이었고, 엄마 몰래 찬장에서 꿀을 한 숟가락씩 훔쳐(?) 먹었던 곳도 그곳이었다. 비 오는 날 뒷문을 열어 놓고 하염없이 나리꽃을 바라보던 곳도 골방이었다.

할매방도 잊을 수 없는 곳이다. 유독 나를 좋아하셨던 할매와 가끔 함께 자면서 들었던 옛날이야기는 지금도 따뜻한 국물처럼 나의 온몸에 퍼져 있다. 할매방에는 늘 군불을 지피고 덜 사그라든 숯불을 담은 화로가 놓여 있었고, 구석에는 겨울이면 보관할 곳이 없었던 고구마가 쌓여 있었다. 화롯불에 고구마를 구워 먹으면서 옛날이야기를 들을 때는 마치 안개 낀 동양화 속에 그려진 주인공처럼 황홀했다.

끝도 없이 이어지는 할매의 옛날이야기에 대한 보답으로 나는 책을 읽어 드렸다. 《춘향전》, 《심청전》, 《장화홍련전》, 《옥단춘전》……. 시장에 가면 난전에서 파는 이런 종류의 10환짜리 소설책이 많았다. 장화 홍련이 죽는 장면을 읽을 때면 나도 울고, 할매도 끄억끄억 우셨다.

큰형님의 신혼살림 방이 우리 집에서는 가장 예쁜 방이었다. 윗목에는 주황색 장롱이 놓여 있고, 아랫목 벽에는 형수님이 해

오신 횃댓보가 예쁘게 걸려 있었다. 횃댓보에는 꽃이 핀 커다란 나무가 여러 그루 서 있고, 그 밑에는 사슴이 한가롭게 놀고 있었다.

결혼한 이듬해 입대를 한 형님이 안 계시는 동안 나는 그 방을 자주 애용했다. 책도 거기서 읽었고, 외로운 형수님과 이야기도 나누면서 살가운 꼬마 친구가 되어 주기도 했다.

어른이 된 후, 추석이나 설이 되면 꼭 내가 태어난 그 집을 한 바퀴 돌았다. 이미 다른 사람의 소유가 되어 있었지만 오래전에 주인 내외가 일찍 돌아가시고 폐가로 남아 있었다. 그냥 한 바퀴 돌아보는 것만으로 행복했다. 어린 시절이 고스란히 나의 가슴으로 되돌아와 안기는 듯한 포근함이 있었기 때문이다.

어느 해 추석이었던가. 여느 때처럼 옛집을 한 바퀴 돌러 갔는데, 집이 온데간데없이 사라지고 없었다. 하늘이 무너지는 듯한 슬픔이 가슴을 파고들었다.

"형님, 어떻게 된 거예요?"

외지에 사는 주인 아들이 와서 집이 너무 허술하다고 하며 허물었다고 했다. 그나마 다행스러운 것은 형님의 옛 신혼살림 방과 그 옆에 붙어 있었던 뒤주와 외양간은 그대로 남아 있었다. 동네 사람들이 사랑방으로 사용하겠다고 허물지 말라고 했던 모양이다.

나의 옛집을 허물고 나온 기둥이며 서까래, 마룻장을 주섬주

섬 차에다 싣고 오던 날, 나는 마치 할매 장례식을 할 때의 기분으로 고이고이 묶어서 소중하게 가지고 왔던 기억을 잊을 수가 없다.

지금도 내가 살던 집에서 나온 잔해를 보면서 나는 옛집을 떠올린다. 기둥을 세우고, 서까래를 얹고, 벽을 세운 다음, 안방 문을 달고 마루 옆에 기둥을 세우고, 마룻장을 깔고, 할매방 문을 달고, 쇠죽솥을 건다. 내 상상 속에 생생하게 살아 있는 옛집을 되살린다.

황토방

가을이 되면 나는 잠자리를 황토방으로 옮긴다. 황토방 아랫목이 주는 따끈따끈함을 즐기고 싶은 생각이 슬며시 올라오는 계절이기 때문이다. 처음에는 아침저녁으로 불을 지펴야 한다. 일정 정도 방을 달구어 놓은 다음부터는 저녁에 한 번만 불을 넣는다.

저녁을 먹고 불을 지피면 새벽녘이 되어서야 따뜻해질 만큼 방바닥이 두껍다. 구들 위에 한 자가 넘는 황토를 깔아서 데워지는 시간이 오래 걸린다. 대신 한번 달아오르면 오랫동안 식지 않는 이점이 있다.

황토방은 아내가 몸이 좋지 않다고 했을 때, 아내에게 주는 선물로 친구와 함께 지은 것이다. 서너 평으로 자그마한 방이지만 예쁘다. 북으로 아기 손바닥만 한 창을 내고, 남으로는 통창을 앉혔다. 북창으로 스며드는 이웃들의 발자국 소리가 정겹고, 통유리를 통하여 바라보는 풍경이 예쁘다.

남장사 뒤에서부터 내리뻗은 노악산 줄기는 계절을 있는 그대로 보여 준다. 봄이면 봄, 여름이면 여름, 각각 보여 주는 풍경이 다르다. 봄이면 산벚나무가 꽃을 피워 온통 온산이 환하다. 그것이 여름이면 녹음을 이루다가 가을 단풍으로 이어진다. 참나무 단풍과 어우러져 은근하고 따뜻하다.

황토방에는 주로 참나무를 땐다. 참나무가 불기가 좋고, 육질이 단단하여 오랜 보관이 가능하기 때문이다. 참나무 둥치를 통으로 넣고 그 위에 잔가지를 두어 개 놓은 다음 갈비로 불을 붙이면 오랫동안 탄다. 좀 굵은 둥치일 경우에는 거의 종일 은근히 타들어 갈 때도 있다. 가끔 따뜻한 아궁이 앞에 앉아서 사색에 잠기기도 하지만, 굳이 아궁이를 지키고 있지 않아도 저절로 잘 탄다.

저녁에 따끈따끈한 아랫목에 누우면 하루의 피로가 스르르 녹는다. 보일러의 힘으로 달군 바닥과는 느낌이 다르다. 저녁에 불을 지피면 새벽녘에 다시 바닥이 따뜻해지는 것을 느끼면서 늦잠을 자기에 딱 좋은 환경이 된다.

아내를 위한 선물로 만든 방이지만 아내는 황토방을 좋아하지 않는다. 위풍 때문이다. 창호지를 통하여 들어오는 냉기를 자연스럽게 받아들이지 못한다. 온돌이 주는 장점이 아래는 따뜻하고 위로 들어오는 신선한 공기를 마실 수 있다는 것인데 그동안 바람구멍 하나 없이 차단하고 살아온 생활문화에 익숙해진 탓이다.

황토방에는 따뜻함과 차가움이 함께 산다. 주황색 옆에 연두색을 앉힌 것 같다. 따뜻한 주황이 더 뜨거워지지 않도록 연두가 제어하고 연두가 너무 차가워지지 않도록 주황이 보호한다. 어쩌면 황토방은 이런 주황과 연두의 어울림처럼 따뜻함과 차가움이 적절하게 섞여서 살기 좋은 환경을 제공하는 가장 이상적인 공간일지도 모른다.

세상에는 구들장처럼 따뜻한 사람들이 있다. 위풍처럼 차가운 사람들도 있다. 세상은 이런 다양한 사람들이 어우러져서 조화를 만들어 낸다. 너무 뜨거우면 적당히 식히고, 지나칠 정도로 차가우면 따뜻하게 보호하는 것이 필요하다.

뜨거워도 뜨거운 것을 인지하지 못하여 쓰러지는 사람들이 있다. 욕심이 지나칠 때도 그렇고, 자기중심으로 흘러가지 않는 세상에 대한 불만이 팽배할 때, 심지어는 경기를 감상하는 사소한 자리에서마저 뜨거운 독배를 마시는 사람들이 있다. 너무 뜨거운 함성은 다른 소리를 듣지 못하게 한다.

자기 몸이 차갑게 식어 가고 있다는 것을 인식하지 못하는 사람들도 있다. 지나치게 채우거나 모자랄 때, 몸은 감당하기 어렵다는 표정으로 차가워진다.

아내도 낮에 등을 데우고 싶을 때는 황토방을 찾는다. 뜨끈뜨끈한 구들장에 등허리를 대고 누워서 즐기는 오수는 겨울철 별미처럼 맛있다. 오들오들 떨던 몸이 따뜻해지면서 마음도 따뜻해진다.

나는 뜨거움과 차가움을 조절하는 방법으로 냉온욕을 즐긴다. 차가운 물에 들어갔다가 뜨거운 물에 들어가면 그렇게 뜨겁다고 느끼지 못한다. 뜨거운 물에 있다가 차가운 물에 들어가도 마찬가지다. 몸이 변화에 조화롭게 적응해 가는 것을 느낀다.

살아가면서 양쪽을 바라볼 수 있는 두 개의 귀, 두 개의 눈이 필요한 이유다. 뜨거움과 차가움을 제대로 판단할 수 있는 눈과 귀야말로 나를 살리는 것은 물론, 나아가서는 세상을 살리는 고마운 자가 될 수 있겠다는 생각을 자주 한다.

해 질 무렵

해 질 무렵, 붉게 빛나는 석양은 장엄한 의식처럼 다가온다. 해가 서서히 서산을 넘으면 바둑판처럼 이어지는 조각구름들의 하늘이 점점 붉게 물들어 가고, 잠시 세상이 정지한 듯 움직이지 않는 주황색 정적의 시간으로 머물다가 조금씩 무거운 붉은색으로 변하고, 갈색, 혹은 보라색으로 변했다가 잿빛, 검은색으로 마무리한다.

어두워진 하늘이 결코 어둡기만 한 것이 아닌 것은 어둠이 해를 안고 있을 뿐, 사라진 것이 아니라는 것을 알기 때문이다. 일몰은 그런 의미에서 일출이다.

하루가 이처럼 마무리되면서 다시 새로운 하루로 이어지듯이 한 해도 마무리됨과 동시에 새해로 이어진다. 불교의 윤회에서는 고(苦)가 끝나면 락(樂)이 오고, 락(樂)의 끝에는 다시 고(苦)가 앉는다고 한다. 인도의 윤회사상은 더욱더 직설적이다. 죽으면 다시 다른 사람이나 다른 모습으로 태어난다.

어떤 모습으로든 이어져 흐르는 자연이나 의식의 흐름에 우리의 삶을 대입해 보면 삶의 끝에는 죽음이 있고, 죽음의 끝은 다시 삶으로 이어져야 자연스럽다. 지금은 고통스럽게 살고 있더라도 그 끝은 반드시 행복으로 이어져야 한다.

어린 시절 해 질 무렵은 마냥 행복한 시간이지만 가슴 졸이는 시간이었다. 딱지치기가 한창이거나 구슬치기, 비석치기, 혹은 자치기가 한창일 시간이었지만 곧 저녁 시간으로 이어지기 때문이다. 밥을 잊고 싶을 정도로 즐겁고 행복한 시간이었다.

"엄마, 쪼끔만 더 놀다 가만 안 돼요?"

자면서도 손에 쥐고 자던 구슬은 자연스럽게 다음 날을 부르고 있었다.

청년 시절의 해 질 무렵은 여유보다는 안타까움이 더 컸다. 늘 마무리해야 할 일들이 남아 있는 날이 많았고, 고리처럼 일거리의 행렬이 이어졌다.

나이가 들어 퇴직을 한 뒤에는 해 질 무렵이 가장 여유로운 시간이 되었다. 약한 햇살을 등에 받으며 참깨를 찌기도 하고, 밭을 매기도 하고, 꽃밭에 물을 주기도 하고, 여유로운 산책을 즐길 수도 있다. 가끔은 아무 생각 없이 바위에 걸터앉아 넘어가는 해를 바라보는 일도 행복하다.

그러고 보면 불교의 윤회가 맞다. 어린 시절의 행복감이 청년 시절, 일에 파묻혀 살며 조금은 힘들었던 날들로 이어지고 그 무게를 다시 여유로운 노후에 보상받고 있으니까.

퇴직하고 살아가는 지금의 나이가 어쩌면 인생 가운데서는 해 질 무렵이 아닐까. 퇴직하면서 아쉬웠던 삶의 모습을 되돌아보는 시간이 있었다.

즐거운 일을 하며 사는 것이 삶의 핵심이었다. 무슨 일이든 마음껏 즐기면서 사는 것이야말로 서로서로 행복할 수 있는 길이었을 것이다. 잘할 수 있는 일보다 즐길 수 있는 일을 찾으라는 말은 소중하고 지혜로운 교훈이다.

아무것도 하지 않으면서 제대로 하는 방법은 없었을까? 무엇이든 내가 중심에 서서 안달하는 삶—그것이 누군가를 가르치는 일일 경우에는 더더욱—은 비효율적이다. 스스로 할 수 있도록 유도하는 일이야말로 그들의 성숙에 가장 기름진 영양소가 되었을 것이다.

긍정적으로 사는 일도 중요한 삶의 덕목이었다. 같은 일이라도 보는 각도에 따라 다르다. 긍정적인 마음의 각도를 가지는 일도 삶의 품격을 정하는 소중한 일이었다.

퇴직 후 그런 부족한 부분들을 메울 수 있는 여유를 가지게 되었다는 것은 참으로 다행스러운 일이다. 미처 깨닫지 못한 것을 공부하고 그것을 삶의 실천으로 이어 가기에 딱 맞는 시기를 살고 있다. 인생의 해 질 무렵이 주는 혜택이다.

책 속에서 새로운 사람을 만나고, 글을 쓰면서 진솔한 나를 만난다. 다른 사람들의 글과 대화를 통하여 그동안 보지 못했던 그를 다시 만나는 행복감도 크다. 해 질 무렵에 보는 모습은 석양의 다양한 색깔과 변화가 곁들여져 더욱 예쁘다.

끄트머리라는 말이 있다. 끝이 곧 머리라는 이야기다. 우리 삶이 어느 부분에서 끝나는 것이 아니라 끊임없이 다시 이어진다는 말이다. 배우면서, 그게 바로 우리 삶의 진리라는 생각이 점점 더 마음 깊이 들어와 앉는다.

아름다운 끝자락

바람이 몹시 부는 날이었어. 빈 배를 채울 거리를 찾아 들로 나갔지. 쑥을 뿌리까지 캐서 한 바구니 채워 들어오려면 바구니가 차는 만큼 배는 허해지기 마련이야. 쌀 한 줌을 넣고, 커다란 가마솥에 쑥을 한 바구니 넣어 끓이면 쌀은 보이지도 않고 쑥만 시퍼렇게 보이는 죽이 되는 거지. 그 쌀 한 줌으로 한 솥 가득 죽을 쑤어서 온 식구가 먹었어. 그 쌀 한 줌을 왜놈들이 못 찾아내서 눈을 희번덕거리며 찾아다니곤 했지. 볏짚 안에 숨기기도 하고, 뒤주에 숨기기도 하면서 숨바꼭질을 했어. 남의 나라에 와서 쌀 빼앗아 가고, 그릇 빼앗아 가고, 나무 빼앗아 가고……. 다 빼앗기고 나면 악만 남아. 어떻게든 살아야겠다고 들로 산으로 헤매고 다녔지.

소리를 지르면서 다들 태극기를 들고 장터로 나갔어. 해방이라고 미친 사람처럼 막 웃으면서 골목골목을 뛰어다녔지. 소리를 지르며 웃으니까 가슴에 돌멩이처럼 꽁꽁 맺혔던 한이 실타

래처럼 풀려나갔어. 몇 년 좀 편하게 사나 했는데 대포 소리가 펑펑 이 산 저 산을 때리고 온 산이 다 불탔지. 마음도 바삭바삭 타들어 갔어. 집도 재산도 다 놔두고 깊은 산으로 들어갔지. 코쟁이들한테 차이고, 인민군들한테 차이면서 겨우 연명을 하고 살았어. 집도 다 타고, 산도 다 타고 했는데, 그래도 우리 집은 어떻게 살아남았더라고. 집도 사람도 목숨을 잃지 않은 것만으로 다행이던 시절이었지.

타작하는데, 나락이 펑펑 쏟아지는 거야. 통일벼라고 하면서 키는 자그마한데 통통하게 살이 쪄서 나락을 펑펑 쏟아 내는 거지. 그러면서 더 배를 곯지는 않았어. 쌀밥을 먹을 수 있다는 생각으로, 캄캄할 때까지 일했지. 공장이 들어서고, 아이들은 거기 가서 돈을 벌었어. 그 돈으로 초가집을 슬레이트 지붕으로 바꾸고 허름한 한복을 질긴 작업복으로 바꾸어 입었지. 그러는 동안에 한 사람이 독재로 세상을 주무르고 다들 그 사람 안 찍으면 죽는 줄 알았어. 배부르니까 아무 생각이 없었지. 그냥 돈 벌어 배 불리고 집 사고, 땅 사는 데만 마음이 가 있었어. 금방 부자가 되어서 잘살 것 같았거든.

좀 살게 되니까 이렇게는 못 산다고, 민주주의를 해야 한다고 난리가 났어. 도시만 난리가 난 게 아니라 시골까지도 앞장서는 사람들이 있었지. 성당 앞에 사람들이 모여서 북을 치고 나가면 전투경찰들이 빙 둘러싸서 꼼짝 못 하게 하는 거야. 그렇게 앉아서 노래를 부르다가 헤어지고는 했지. 처음에는 이게 무슨 일인가 싶어서 머쓱했는데 하다 보니까 정말 그래야 하는 것 같더라고. 나중에는 나도 소리를 질렀어. 이놈들아, 왜 남이 가는 길을 막아?

백성이 앞에 서니까 뭐가 달라지기는 달라진다는 생각이 들었어. 운동화나 돈을 안 주면 안 찍던 사람들이 오히려 주면 안 찍는 쪽으로 분위기가 달라졌거든. 여자들이 국회의원도 되고 도의원, 시의원도 되는 시대가 된 거야. 옆집 아지매가 시의원이 됐다고 삐딱구두를 신고 양장을 입고 골목길을 들어서는데 골목이 환하더라고. 막 박수를 쳤지. 세상이 이렇게 달라지는구나 싶었어.

전화기만 있어도 신기하다고 했는데, 선이 없어도 이야기할 수 있는 전화기가 생긴 거야. 하도 신기해서 밤새 이불 밑에 들고 들어가서 전화를 해 댔더니 전화세가 얼마나 나왔는지 몰라. 이제는 주머니에 넣고 다니면서 전화하는 시대가 됐잖아. 우리야 전화밖에 못 하지만 젊은이들은 그걸로 옷도 사고, 집도 사고, 못 하는 게 없는 시대가 됐지. 이제는 어른이 선생이 아니라 아이들이 선생인 시대가 됐다는 생각이 들어. 요새는 손자한테 맨날 배우거든.

환갑만 되면 노인이라고 긴 담뱃대를 물고 다녔는데 시아버지는 아흔둘에 돌아가시고, 시어머니는 아흔다섯까지 사셨어. 참 좋은 세상이지. 밥 좋지, 약 좋지, 다리까지 좋아서 어디 못 가 본 데가 없고, 아프면 병원에서 낫게 해 주고, 배고프면 공짜로 밥 주는 데도 많아. 오래오래 사니까 얼마나 좋은지, 죽기 싫은 시대에 살고 있어. 이 좋은 세상을 두고 어떻게 죽어. 아까워서 못 죽어.

여든이 넘은 할머니들의 이야기에는 갈수록 훈기가 묻어나고 있었다. 험한 세상에 태어났지만 늘 나아지는 세상을 걸었던 사람들이다. 배고픔을 면하고, 백성들의 세상을 만들고, 세계에서 부자 나라가 되는데 힘을 보탰던 사람들이다. 상상도 못 하던 로봇의 세상으로 걸어 들어가고 있다는 것이 설레면서도 두려운 시대라고 했다. 그래도 이보다 더 좋아지는 세상은 또 어떤 세상인지 보고 싶다는 생각이 들만도 할 것 같다.

아무리 힘든 세상이라 해도 나아진다는 기대감이 살아 있는 시대는 얼마든지 견딜 수 있다. 할머니들의 시대가 그랬다. 한 걸음씩 두 걸음씩 나아지고 있다는 것을 느끼면서 늘 새로운 기대감에 몸이 따뜻해졌다.

십 대 아이들 키 크듯이 예상했던 것보다 더 많이 나아지는 세상을 바라보면서 얼씨구 노래를 부르고, 풍물을 치고, 춤을 추면서 신명 나게 살았다. 잘 죽는 일만 안고 있는 이들의 인생은 그런 의미에서 꽃길이었다. 그들의 생각이 그랬다. 그들의 마음이 그랬다.

여든을 살면서 한 번도 뒷걸음질친 적이 없는 삶들이 환하게 웃고 있었다. 한평생 잘 살았다고 외치면서. 이들의 좋은 끝이 새로운 머리로 이어졌으면 좋겠다. 끝보다 더 좋아지는 머리로.

넉넉한 설렘

"엄마, 한 번 더 입어 봐도 돼요?"

"그럼. 그러다가 설날 오기도 전에 다 떨어지겠다."

엄마는 귀여워서 죽겠다는 듯 빙그레 웃으시면서 나의 이런 귀여운 모습에서 쉬 눈을 떼지 못하셨다.

설날이 되어서야 설빔으로 한 벌 얻어 입는 옷은 늘 설렘으로 가득했다. 설빔이라고 해야 흑백을 벗어나지 못하던 시절이어서 시커멓게 물을 들인 천으로 지은 학생복이 고작이었다. 100원짜리(당시에는 커다란 찐빵이 한 개에 2원이었던 시절이었으니까 아주 싼 옷이었을 것이다).

로만칼라처럼 빳빳하게 서 있는 칼라에는 호크가 달려 있고, 양철로 만든 단추에는 으레 '가운데 중' 자가 쓰여 있었다. 그 용도가 중학교 아이들을 염두에 두고 만든 기성복이기 때문이었으리라. 착용감이 좋은 것도 아니고, 보기에 예쁜 옷도 아니었지만 새 옷이라고 하는 것으로 마냥 좋았다.

입어 보고 차곡차곡 개어서 장롱에 넣어 두기가 무섭게 또 입어 보고 싶어서 좀이 쑤실 정도로 가슴 설레게 하는 것이었다. 새 옷이라는 이유 하나만으로 마냥 좋아서 입어 보고 또 입어 보기를 열 번쯤 반복하고 나서야 설날이 밝았다.

설날이 가까워지면 꼭 해야 하는 큰일이 이발이었다. 마치 이발을 하지 않으면 새해가 밝지 않을 것처럼 사람들은 이발에 매달렸다. 둘째 형이 이발관을 운영하고 있을 때여서 꽤 먼 거리를 걸어서 갈 수밖에 없었다. 이발을 하러 가면 설 전날은 늘 사람들이 이발소를 가득 채우고 있었다. 나는 가장 나중에 하는 순서로 못이 박혀 있던 터여서 이발소 옆에 붙어 있던 작은 툇마루에서 꼬부리고 잠이 들곤 했다.

둘째 형은 설 전날은 거의 밤을 새우는 날인 동시에, 돈을 가장 많이 버는 날이기도 했다. 나는 가장 나중에 머리를 깎고, 갔던 길만큼 짧지 않은 길을 되돌아왔다. 집으로 돌아오는 길은 우둘투둘 튀어나온 돌들이 발길에 차이며 걸음을 방해했고, 중간에는 엿장수가 죽은 곳도 있었다. 거기서는 내 눈에만 보이는 엿장수 귀신이 온몸을 땀에 흠뻑 젖게 하기도 했다. 집에 와서 귀신을 보았다고 하면 엄마도 웃고, 함께 갔던 형도 그냥 웃었다. 그런 가운데서도 기어이 다시 설빔을 꺼내어 입어 보고서야 잠이 들었다.

섣달그믐날은 자면 눈썹이 센다는 말을 생각하며 자지 않으려고 애를 써 보지만 언제 들었는지 모르게 잠이 든다. 장난꾸

러기 형들은 내 눈썹에 조청을 바르고, 그 위에 밀가루를 뿌렸다. 아침에 일어나면 눈썹이 세었다면서 다들 내 눈썹을 보면서 배꼽을 잡고 웃어 대지만 나는 오로지 설빔에만 마음이 가 있었다. 얼른 세수를 하고 설빔을 꺼내 입는다. 마치 개선장군처럼 뿌듯하다.

설이 가까워지면 엄마는 한 해 동안 농사지은 것을 팔아서 설 쇨 준비를 하셨다. 도장 속 커다란 독에 잘 갈무리된 쌀을 두어 되 푸거나 콩이나 참깨, 들깨 등 돈이 될 만한 것들을 자루에 담아서 머리에 이고 장으로 가셨다. 홍정하고 사고파는 일, 그게 일이었고, 기쁨이었고, 삶이었다. 나의 설빔은 이렇게 엄마가 설을 준비하는 과정에 스며들었던 작지만 넉넉한 기쁨을 주는 일이었다.

요즘은 설빔이라는 말 자체가 사라졌다. 평소에 입는 옷도 다 좋은 옷들이어서 굳이 설이라고 옷을 따로 살 필요가 없는 시대가 되었다. 이런 때는 이런 옷을 입고, 저런 때는 저런 옷을 입어야 한다는 이유를 달고 옷장 속에 옷이 가득하다. 아예 옷들만 사는 옷방을 만들기도 한다. 하지만, 그 옷에 설렘이 묻어 있지 않다. 옷장이 비좁게 걸려 있지만 막상 입으려고 그 앞에 서면 입을 옷이 없다는 푸념이 더 많이 내걸린다.

나는 밀물처럼 다가오는 풍요가 두렵다. 가득 차고 넘쳐도 부족하기만 한 풍요는 풍요가 아니다. 현대인들은 풍요 속의 빈곤에 허덕이면서 사는 것처럼 마음이 가난해 보인다. 먹어도 먹어도 배고프고, 입어도 입어도 마음에 차지 않는 물질적 풍요를 향하여 끊임없이 달려가는 욕심이 마주 보고 달리는 기차처럼 위태로워 보인다.

부족하고 가난하고 초라한 곳에 오히려 설렘이 숨어 있다는 것은 참으로 아이러니하다. 작은 것에 만족할 줄 알아야 큰 것에도 만족할 수 있다는 것인가.

옷장 앞에 설 때마다 나는 시커먼 학생복 한 벌이 가져다주던 아름다운 설렘을 떠올려 본다.

우산

"잘 들어갔어?"

"응, 고마워."

"그래, 또 보자!"

마음이 들떠 있었다. 만남에 대한 기쁨도 채 가시지 않은 데다 모든 일이 다 내 뜻대로 이루어진 것 같은 기분에 사로잡혀 있었던 모양이다.

전화기를 내려놓고 비가 그친 하늘을 쳐다보며 걸음을 재촉했다. 한참 동안 아주 가벼운 발걸음으로 투스텝을 밟으며 휘파람을 불었다. 가벼운 발걸음은 오래가지 않았다. 몇 개의 빗방울이 다시 떨어지는 순간, 하늘이라도 무너져 내리는 듯한 놀라움에 온몸이 굳어져 버렸다.

그 우산은 독일제였다. 그 당시에 우리나라에서는 구경도 하지 못하던 접이식 우산. 정신없이 공중전화 부스로 달려갔다. 분명히 그 자리에 있어야 할 우산은 온데간데없었다. 형님이 아끼시던 우산을 몰래 들고나온 것이 잘못이었다.

비가 오지 않는 날이 이어지기를 빌었다. 그것만이 우산 이야기가 주제로 떠오를 수 없는 유일한 길이었기 때문이다. 그 후 어떻게 되었는지는 기억에 없다. 아직도 내 기억 속에 그 우산이 남아 있는 것은 나 스스로 너무나 아깝다는 생각에 몇 날 며칠을 두고 가슴 아파했던 기억 때문이다.

1970년대 우리나라에서 접이식 우산은 쓰는 사람의 품격을 충분히 높여 줄 수 있을 만큼 꽤 괜찮은 물건이었다. 스위치를 누르는 순간 자그맣게 접혀 있던 우산이 활짝 펴지는 모습은 사람들의 부러움을 충분히 사고도 남았다. 그 이후를 별로 기억하지 못하는 것을 보면 망각의 우산이 나를 안전하게 보호한 것이 아니었을까.

살아가면서 우리는 꽤 많은 우산 속에 살아가고 있다. 내가 억울한 일을 당하거나 몸이 아플 때면 엄마가 기꺼이 우산이 되어 주셨고, 집안에 큰일이 생기면 아버지가 큰 우산으로 서셨다. 가난했던 시절에는 형님이 벌어 오신 돈이 우리 집안의 우산이 되기도 했고, 더 어려운 일이 있을 때는 세월이 슬그머니 우산을 자청하기도 했다.

고등학교 시절을 되돌아보면 형편상 갈 수 없었던 서울 생활을 뒷받침한 형님의 눈물겨운 지원을 생각할 때, 나는 밤낮을 가리지 않고 공부에 매진해야 했다. 공부의 뒤에 물러앉아 있을 시간이 없었다. 하지만 나는 책을 읽으면서 밤을 새웠고, 사

치스러울 정도로 여유를 부렸다. 그때 내가 알아서 할 수 있도록 믿어 주는 가족들의 마음이 우산이 되어 나를 보호하지 않았더라면 나는 엉뚱한 곳에서 엉뚱한 일을 하며 내 삶을 소모하지 않았을까.

마침 형님의 일이 잘 풀리지 않아 그 팍팍하던 서울을 떠날 수 있었던 것이 오히려 내 삶의 우산이 되었다는 아이러니가 나를 편하게 한다. 내가 공부에 파묻혀 현실적인 문제에 온통 몸과 마음을 묻었더라면 현실적인 모습으로는 훨씬 더 나아 보이는 삶을 살았을지도 모른다. 하지만 여유로운 행복을 누리면서 살기는 어려운, 경직된 삶의 모습 가운데 있었을 것이라는 게 보지 않아도 보인다. 살아 보지 않았어도 보이는 것이 신기하다.

살다 보면 때로는 어려움이 삶의 우산이 될 때가 있다. 가난한 집에서 태어난 자체가 그렇고, 바로 대학을 들어가지 못할 정도로 가정 형편이 어려웠던 것이 그렇다.

가난이 주는 인간미는 부유한 가정에서 자란 사람들이 이해할 수 없을 만큼 정겹다. 서로 의지하지 않고는 살 수 없음을 아는 마음들이 서로 다독이며 산다. 가난하기 때문에 가난한 이들에게 오히려 너그럽고, 낯선 사람들에게도 기꺼이 함께 먹자고 권할 수 있다는 것은 가난이라고 하는 우산이 주는 넉넉한 은총이다.

내가 필요해서 다가갔을 때 온몸과 마음을 던질 수 있었다는 것을 생각하면 늦어진 대학 진학도 가난이 준 또 다른 혜택이다. 가난이 이처럼 삶의 우산이 될 수 있다는 것을 깨닫는 데는 꽤 오랜 시간이 걸렸다. 경제적인 풍요로움이 오히려 풍요로운 삶에 장애가 될 수 있다는 것을 깨닫는다는 것도 쉬운 일은 아니었다.

이제 그때 그 우산보다 더 좋은 우산을 몇 개씩이나 두고 쓰면서 살지만, 오히려 그때보다 더 가난하다는 생각이 드는 것은 왜일까. 무게가 다른 양극단의 세상에서 웬만한 사람들은 다 가난할 수밖에 없는데, 가난하면서도 가난이 주는 우산마저 잃어버리고 있기 때문은 아닐까. 서로 다독이며 살던 어린 시절의 가난이 문득문득 그리울 때가 있다.

예정된 만남

먼지처럼 흩어졌다가 다시 모이고, 흩어졌다가 다시 모이는 동안에도 옛 모습은 달라지지 않는다. 그때 그 모습 그대로 그 자리에 있다. 한 번도 함께한 적이 없는데도 어떤 사람이 내 기억 속에 그렇게 남아 있다는 게 신기하다.

나의 고등학교 시절은 오롯이 혼자였다. 아무도 내 옆에 다가오지 않았다. 아침도 제대로 먹는 둥 마는 둥 헐레벌떡 교실로 들어서면 냇물처럼 흘러가는 일상이 조용히 나를 기다리고 있을 뿐이었다.

점심시간이면 운동장 가에 놓여 있는 나무 의자에 앉아 바뀌어 가는 풍경들을 하염없이 바라보았다. 그것은 농구를 하면서 땀을 흘리는 친구들의 모습일 때도 있었고, 딸부자 집에서 태어난 외동아들이 남자인 듯도 하고 여자인 듯도 한 몸동작으로 아이들과 뛰어노는 모습일 때도 있었다. 가끔은 우정을 기념하여 세워 놓은 '우정의 탑'을 몇 바퀴 돌기도 하고, 늦게 일어나는 바람에 도시락을 싸지 못한 날은 매점에서 다른 아이들이 다 사서 돌아가기를 기다렸다가 단팥빵 하나를 사서 들고 다시 벤치로 돌아오기도 했다.

그 친구가 내 눈에 각인이 된 것은 아마 그때쯤 어디였을 것이다. 같은 반을 한 적도 없고, 함께 어울린 적도 없는 친구이기 때문이다.

가깝게 친하던 친구는 없었지만 토막토막 끊어지는 추억의 렌즈 속에는 꽤 여러 친구가 있었다. 학교를 오갈 때 함께하기도 하고, 목욕탕을 함께 가기도 하고, 탁구를 함께 치거나, 붓글씨를 함께 쓰던 친구가 있었다. 소풍 갈 때 오가면서 이야기를 나눈 친구도 있었고, 짝꿍을 하면서 티격태격하던 친구, 뒷자리에서 음담패설을 신이 나서 떠들어 대던 운동선수 친구도 있었다. 그 친구들 가운데 어디에도 없었던 것을 보면 오가는 길에 어디선가 내 추억의 눈에 각인된 것이 분명하다.

고등학교를 졸업한 지 30년도 더 지났을 즈음, 다들 보고 싶은 마음이 일었던 모양이다. 이런저런 거미줄 연락망을 통하여 동기회 수첩을 만들겠다고 연락이 왔다. 주소와 전화번호를 보내 놓고는 까맣게 잊어버리고 있었는데 어느 날 수첩이 날아왔다. 연락이 닿지 않는 친구들이 많았다. 다들 어떻게 살고 있을까? 한 장 한 장 넘기는 도중에 반가운 주소가 눈에 띄었다. 얼른 휴대폰을 들었다. 받지 않았다. 전화번호를 저장해 두었다. 한참 뒤에 다시 전화를 걸었다.

"수첩을 보고 전화했는데, 상주로 이사를 온 거야?"

"아니, 서울서 왔다 갔다 해."

'아, 시골에 집을 한 채 사 두고 별장처럼 쓰고 있구나.' 하는 지레짐작으로 연결되기 어려운 끈이라는 생각을 하면서 까맣게 잊어버리고 살았다.

몇 년이 흐르고, 가까운 지역에 사는 성당 신자들이 한 달에 한 번씩 모이는 구역 모임을 하는 날이었다. 연락을 할 일이 있어서 번호를 넣었더니 핸드폰이 '고등학교 동기'라고 자꾸만 우기고 있었다. 왜 이 사람이 내 동기가 되지? 더듬어 올라가니 거기에 바로 고등학교 수첩이 있었다.

그렇게 친구를 만났다. 모동으로 이사를 와서 살다가, 상주 시내로 나와 두어 번 이사를 더 한 다음에야 우리 집에서 가까운 거리에 집을 장만하여 살고 있다고 했다. 같은 성당이 아니었으면 상주에 살아도 모르고 살았을 것이다. 같은 구역 신자가 아니었으면 같은 성당에 다녀도 모르고 살았을 것이다. 수첩에서 만난 다음에도 한참을 더 돌고 돌아서야 만난 이 친구를 보면서 나는 '인연'을 생각했다.

다시 보는 순간 고등학교 시절 그의 모습이 환하게 떠올랐다. 지금도 그 친구를 만나면 고등학교 시절 내 눈 속에 각인되었던 그 모습이 겹쳐서 떠오른다. 오로지 같은 고등학교를 나왔다는 인연 하나만으로 만남과 동시에 굵은 끈으로 연결되는 느낌이

들었다. 가까운 거리 안에 사는 거주지, 거기에 신앙이 덧붙여지고 게다가 아는 사람이라고는 없는 타향살이가 주는 외로움은 가까워지지 않을 수 없는 조건을 만들고 있었다.

친구와 만난 지 몇 년이 지났다. 요즘은 친구와 자주 만난다. 덩달아 친구가 된 아내들이 식사 초대를 하기도 하고, 함께 여행도 하면서 '함께' 사는 맛을 느끼면서 산다. 무엇보다도 농사를 지어 본 경험은 물론, 농사일을 구경한 적도 없는 친구가 농사를 짓는다는 사실이 반갑다. 농사를 짓겠다고 농토 안에 몸을 담그는 사람치고 헛된 꿈을 꾸는 사람이 없기 때문이다. 작물들이 태어나고 자라는 것을 보면서, 또 그것을 알뜰히 추수하면서 삶을 반추하는 사람들의 삶이 얼마나 진솔한가를 알기 때문이다.

늦은 나이에 만난 친구를 보면서 인연의 끈을 생각한다. 가까운 친구를 그리며 늘 외로움에 젖어 있던 나에게 하늘이 준 아름다운 선물이라는 생각을 한다. 돌고 돌아 내게로 온 것을 보면, 어쩌면 우리는 '예정된 만남'의 성안에서 함께 살고 있었던 것은 아닐까.

아름다운 덫

"안으로 들어오시겠어요?"

그때만 해도 장애인들에 대한 의식이 썩 좋을 때가 아니었다. 시각장애인들은 비가 오는 낮 시간의 통행이 가장 불편하다. 비가 주절주절 내리는 어둑한 길에서 아파트로 가는 길을 가늠하기가 어려워 이리저리 둘러보고 있는데, 웬 낯선 여인이 우산 속에서 팔을 내밀었다.

보통 오른손으로 우산을 받치는데 여인은 왼손으로 우산을 들고 오른팔을 내밀었다. 살그머니 잡은 오른팔에 힘이 느껴지지 않았다. 펄렁펄렁 서늘한 바람이 일었다.

"바쁘지 않으시면 저희 집에 가서 커피 한잔하고 가실까요?"

"예, 그러지요."

대답이 쉬웠다. 커피를 마시기 전에 진맥을 좀 해 봐도 괜찮으냐고 물었다. 선선히 손을 내밀었다. 고등학교 3학년 때 한쪽의 힘을 잃은 채 몇 십 년을 근근이 살아가는 중이라고 했다. 그 오랜 시간을 시든 팔로 견디며 살아왔을 그녀의 삶이 주마등처럼 스쳐 지나갔다. 침을 꺼내 들었다. 혈 자리를 정확하게 짚어 가며 침을 하나하나 꽂았다. 내 몸의 기운이 오롯이 전달되고 있었다. 침 끝이 파르르 떨었다. 오랜 세월을 견디어 온 가난한 혈 자리에 파릇파릇한 기운이 도는 것이 느껴졌다. 됐다.

"오른팔을 한번 들어 올려 보시겠습니까?"

"예?"

불가능한 이야기를 하고 있다는 듯이 의아해하며 되물었다. 고등학교 3학년 이후로 한 번도 듣지 못한 말일뿐만 아니라 생각조차 해 보지 못한 말이었다.

"한번 들어 올려 보세요."

"………."

팔이 스르르 올라갔다. 내렸다. 다시 들어 올렸다. 다시 내렸다. 올렸다 내리기를 반복하면서도 도무지 믿지를 못하는 모양이었다.

한참 동안 그러기를 반복하다가 드디어 울음보가 터지면서 팔을 제대로 쓰게 된 현실이 눈에 들어오는지 전화기를 들었다. 순식간에 여기저기서 사람들이 모여들고, 초상집처럼 울음바다가 되었다.

한국전쟁이 끝났으나 전쟁의 흔적이 곳곳에서 생생하게 민낯을 드러내고 있던 시절, 초등학교 1학년 때 폭발물을 가지고 놀다가 눈을 잃은 친구의 이야기다. 시각을 잃은 대신 한층 예민해진 촉각으로 혈자리를 익혔고, 거기에 침을 놓아서 병을 낫게 하는 침술을 배웠다.

침술로 많은 사람을 고통에서 해방시키며, 그것을 보람으로 느끼면서 살아왔다. 아픈 사람들이야말로 절실하게 누군가의 손을 필요로 하는 사람들이다. 그들이 원하는 손이 되어 기꺼이 다가가 맥을 짚고, 침을 놓으며 그들의 상처를 어루만지며 살아온 세월이 길다.

그 긴 삶 가운데서도 유독 이 여인을 기억하는 것은 그 여인의 병이 완쾌되었다는 감동에서 나오는 기쁨만은 아니었다. 병이 거의 완쾌되어 정상적인 삶이 가능하다고 생각되던 어느 날, 그 여인은 한 보따리의 돈을 싸 들고 친구를 찾아왔다. 기쁨에 넘쳐 무엇이든 주고 싶은 마음이 오롯이 담겨 있는 사례금이었을 것이다.

친구는 그 돈을 앞에 놓고 오랫동안 고민을 했고, 결국 또 다른 손이 필요한 보육원, 양로원 같은 시설들을 찾아갔다.

"그 돈은 덫이었어. 내가 지금까지 그 덫에서 벗어나지 못하고 있잖아."

친구는 그때 시작한 후원을 지금까지 이어 가고 있다고 했다. 그들의 큰손이 되어 오랜 세월 동안 그들의 상처를 어루만지고 있는 친구에게 그 덫은 어쩌면 참으로 아름다운 덫일 수도 있겠다는 생각이 들었다.

'덫'이라고 하면서도 허허 웃는 친구를 보면서, 내 생각이 그렇게 틀린 것이 아닐지도 모른다는 확신이 힘을 얻었다.

엄마의 선택

만남은 선택을 전제한다. 적어도 얼굴만이라도 한번 보고 싶다. 몇 마디 말이라도 나누고 싶다. 눈에 보이지 않는 하찮은 것이더라도 스스로 받아 안고 싶어 하는 마음 절실하다.

"대안보 총각이다!"

이 한마디로 결정된 일생의 변화는 그 무게에 비해 허술하기 짝이 없었다. 찌그러진 삽작처럼 찬바람이 들이치는 마음을 겨우 눌러 가며 낯선 골목길을 들어섰다. 마음을 아는지 골목에도 바람이 쌩하니 불었다. 살갗에 와닿는 바람의 색깔과 온도가 달랐다. 그날따라 '우리' 골목에는 늘 환하고 따뜻한 바람이 불었던 것 같다.

예상보다 훨씬 더 보잘것없이 시작된 시집살이는 캄캄한 적막이었다. 홀어머니의 궁색한 살림살이에서는 군둥내가 났다. 귀빠진 대접처럼 쭈글쭈글한 삶을 이어 붙이며 꽁보리밥으로 겨우 기운을 차렸다.

봄이 되면 논둑을 헤집어 찾아낸 쑥을 한 바구니 넣고 끓인 멀건 죽이 온 식구가 연명해 가는 유일한 방법이었다. 입이 늘수록 일도 늘어났다. 길쌈에 빨래, 바느질, 김매기……. 눈코 뜰 새 없이 움직여도 쭉정이만 수북이 쌓였다.

신랑이 바다 건너 먼 시간을 걸어 밭뙈기 얼마를 장만할 수 있는 돈을 벌어 오는 동안, 계절도 익고, 설던 마음도 익어 팔자려니 하며 받아들였다. 외로움이 더욱 허전한 가슴을 파고들었다. 아이들 키우는 재미가 있었지만, 아이들 키우는 어려움도 함께 커 갔다.

벌어온 돈으로 논도 사고 밭도 사서 친정 동네로 옮겨 앉는 것도 아버지의 귀띔을 듣고서야 알았다.

“이 서방이 벌어 온 돈으로 논도 사고 밭도 사 놨다.”

늘 환하고 따뜻한 바람이 불었을 것 같았던 ‘우리’ 골목이 갑자기 차갑게 다가왔다. 후줄근한 살림살이에 낀 먼지가 더 두꺼워 보였다. 친정 엄마 얼굴에는 늘 안쓰러움이 묻어 있었고, 얼른 퍼 주는 쌀 한 됫박을 치마 밑에 감추어 들고 오면서 마음이 아팠다.

서러운 일제강점기 시절도 태어나자마자 만난 세상이고, 아픈 전쟁도 나 몰래 다가온 큰일이었지만, 언제 물러갔는지, 언제 끝났는지 고픈 배를 움켜쥐고 휘청거리는 동안 세월 따라 흘러가 버렸다.

늘 논은 남편이 가져가고 남은 밭은 내 차지였다. 게다가 길쌈도 내 몫, 빨래도 내 몫, 옷 건사도 내 몫이었다. 하루가 짧아서 여기저기서 시간을 끌어다가 덧댔다. 내가 '선택한' 일이 아니라, 내게 주어진 일을 하기에도 늘 손이 모자랐다.

평생 엄마가 스스로 선택한 일은 하나도 없었다. 모든 만남이 다 당연히 주어진 것들이었다.

"너희 아버지와 절대 합장하지 마라."

아흔이 넘은 긴 생애에도 엄마는 그렇게 마음을 뚫고 들어오는 바람을 이겨 내지 못했다. 엄마의 확실한 선택은 이렇게 아버지가 돌아가신 다음에서야 이루어졌다. 함께 묻히지 않겠다는 엄마의 유일한 선택을 존중했다. 그 말속에 담긴 그 어떤 의미도 묻지 않고 아버지 옆에 나란히 묻어 드렸다.

사랑이

"아빠, 개 한 마리 데리고 갈 거예요."

"웬 개를?"

털이 뽀얀 스피츠 종류였다. 털이 복슬복슬한 것이 귀여웠다. 자그마한 등허리를 동그랗게 말고 앉아서 경계심을 풀지 못했다. 바라보는 눈에는 호기심과 함께 두려움이 가득했다. 눈은 나를 향해 있으면서도 발은 딸의 품속을 벗어나지 않으려고 애를 쓰는 모습이 역력하게 드러나 보였다.

그 아이는 '내일'이가 저세상으로 간 지 얼마 되지 않은 터라 별로 반갑지 않은 손님이었다. 게다가 '내일'이가 간 후로 나도 아내도 다시는 개를 키우지 않겠다고 단단히 마음을 먹고 있던 터여서 더욱 반갑게 맞아들일 수가 없었다.

'내일'이는 수녀님이 이사 기념으로 선물한 새 식구였다. 몸집이 자그마한 하얀 색깔로 복슬복슬한 털이 예뻐서 가족들의 귀여움을 독차지했다. 10년 가까운 세월 동안 함께 살면서 미운 정, 고운 정이 다 들어 있었다.

어느 날 퇴근하면서 보니 '내일'이의 상태가 좋지 않았다. 자전거에 태우고 부랴부랴 동물병원으로 갔지만 이미 문을 닫은 후였다. 다시 데리고 왔다.

'하루 이틀은 어떻게든 버틸 수 있겠지.'

좀 고통스럽겠지만 하루 이틀 버티는 것이 그렇게 힘들 것이라고는 생각하지 않았다. 거실로 데리고 들어와 널찍한 종이 상자에 넣어서 추위를 피하게 했다. 따뜻한데도 온몸을 한껏 웅크렸다. 곱던 털이 곤두서서 마치 고슴도치처럼 까칠해 보였다. 헌 이불을 가져다 덮어 주었다. 고통을 이기려는 듯 이를 악물었다.

"좀 힘들어도 참아. 잘 자고 내일 병원에 가 보자!"

막 잠이 들었는데 아들이 깨우는 소리가 들렸다. '내일'이가 이상하다고 했다. 나가 보니 이미 까무룩 목숨이 사그라들고 있었다. 눈을 크게 한 번 뜨더니 천천히 짚불처럼 사그라들었다. 생명이 이렇게 가벼울 수가……. 종이 상자를 밖으로 내어 놓았다.

이튿날 아침 '내일'이를 넣은 자루를 메고 뒷산으로 올라갔다. 양지바른 곳을 찾아 커다란 나무 밑에 묻어 주고 오면서 얼마나 울었는지 눈이 퉁퉁 부었다. 목숨이 이렇게 허무한 것인지를 생생하게 피부로 느끼게 한 '내일'이의 죽음을 보면서 다시는 개를 키우지 않기로 작심했다.

하지만 데리고 온 '사랑'이를 무작정 내칠 수도 없는 노릇이었다. 동그랗고 까만 눈을 깜빡이며 겁먹은 모습으로 아내와 나를 번갈아 가며 쳐다보고 있었다. 그렇게 두고 간 '사랑'이가 슬그머니 한 식구로 스며들긴 했지만, 그 녀석도 우리의 마음을 알아챘는지 도무지 마음을 열지 않았다. 같이 살면서도 늘 까칠한 성격을 드러내면서 으르렁거렸다.

사랑이와 친해지는 데는 아마 일 년쯤 걸렸나 보다. 그 녀석이 살아온 궤적을 살펴보면 충분히 이해가 되기는 했다.

긴 군대 생활을 하던 사위가 '사랑'이를 처음 만난 건 근무하던 부대의 부대장 사택에서였다고 했다. 그 집에서는 온몸으로 사랑을 받던 그 녀석의 인생이 꼬이기 시작한 것은 부대장이 다른 곳으로 이동을 하면서부터였다. 데리고 갈 형편이 되지 못한 듯 부대에 그대로 두고 갔다. 줄에 매인 '사랑'이는 그날부터 군홧발에 차이는 공의 신세가 되었다. 심심한 군인들의 장난감이 된 것이다.

그때부터 사람들을 두려워하고 경계하기 시작했다. 유독 동물을 좋아하던 한 사병을 제외하고는 대부분 병사의 괴롭힘의 대상이 되었다. 마음이 여린 사위가 그 모습을 보면서 안쓰러운 마음에 사택으로 쓰던 아파트로 데리고 와서 한 달쯤 함께 살았다. 긴 털이 많은 스피츠 종류를 실내에서 기르는 것은 손이 많이 가는 일이다. 결국 포기하고 단독주택에서 사는 우리 집으로 데리고 온 것이었다.

그때까지만 해도 사람들에 대한 경계의 눈초리를 거두기에는 상처가 너무 컸다. 게다가 우리마저 저를 받아들일 준비가 전혀 되지 않은 것을 눈치챈 사랑이는 그렇게 오랫동안 마음의 문을 열지 않았던 것이다.

꽤 오랜 시간이 지나서야 눈빛이 달라지면서 내 품에 와 안겼다. 그 나이가 될 때까지 어미 노릇을 한 번도 하지 못한 그 녀석이 드디어 새끼를 낳고 어미 노릇도 하게 되었다. 대략 서너 마리씩 대엿 배를 낳았나 보다. 그러니까 열 마리가 훨씬 넘는 후손을 세상에 남긴 것이다. 나이가 너무 들어서 이제 새끼를 낳지 못하게 해야겠다고 생각할 때 연이어 두 배나 새끼를 낳아 마지막으로 젊음을 과시하기도 했다.

'사랑'이는 우리 집으로 온 후, 한 번 병원을 다녀온 것을 제외하고는 병원 신세를 져 본 적이 없다. 모든 것을 스스로 해결했다. 몸이 좋지 않으면 땅을 파고 그 안에 들어가서 몇 시간이고 누워 있었다. 그리고 나면 언제 그랬느냐는 듯이 씻은 듯이 나았다. 자연의 힘을 본능적으로 이용할 줄 알았다.

새끼를 낳으면 더욱더 본능에 충실했다. 이리저리 새끼들을 물고 다니면서 땅의 기운을 충만하게 받도록 했다. 어떨 때는 꽃밭으로, 어떨 때는 마루 밑으로 끌고 다니면서 흙의 좋은 기운이 새끼들에게 스며들도록 배려했다. 아직 눈을 제대로 뜨지 못한 새끼의 대변을 다 먹어서 늘 주변을 정갈하게 할 줄 알았다. 시간만 있으면 새끼들의 엉덩이를 핥아서 배변에 지장이 없도록 성성을 다했다.

봄에 낳은 새끼들은 진달래에 '이' 자를 붙여 '진이', '달이', '래이'가 되었고, 여름에 백일홍밭에서 낳은 새끼들은 백일홍에 '이' 자를 붙여 '백이', '일이', '홍이'가 되었다. 지금도 여기저기 가깝게 지내는 이웃들의 집에서 사는 '사랑'이의 새끼들이 어미를 닮아 예쁘게 살고 있다.

젊었을 때는 힘이 좋았다. 그 높은 천봉산도 기꺼이 따라다녔다. 정상까지도 아무 거리낌 없이 따라왔다. 산꼭대기까지 개를 데리고 왔다고 사람들의 눈총을 받으면서도 함께 다니는 게 좋았다. 내가 등산지팡이를 들면 먼저 알고 저만치 앞장을 섰다. 횟수가 조금씩 줄어들다가, 산 중턱에서 포기하고 집으로 돌아가는 일이 잦아지더니 결국 나중에는 따라나설 생각도 하지 않았다. 나이 듦의 현상이었다.

그렇게 사랑이도 나이를 먹었다. 사람으로 치면 이미 까마득한 노인이었다. 새끼를 분양하면서 이 녀석이 새끼를 낳으면 한 마리 달라고 되려 부탁을 했다. 기꺼이 그렇게 하겠다고 했다. 마음속으로 그 새끼가 우리 집에 올 때까지만 건강하게 살아 주었으면 좋겠다고 생각했다. 하지만 생명은 늘 우리의 생각대로 넉넉하게 그 자리에 머물러 주지 않는 속성을 지니고 있다.

며칠 동안 캑캑거리는 '사랑'이를 보면서 '또 어디서 못 먹을 것을 주워 먹었구나.' 하면서 나무랐다. 저러다가 또 스스로 치유할 것이라고 확신하면서. 아침에도 인사를 했고, 퇴근길에는 늘 나오던 마중을 나오지는 않았지만, 마당에서 나를 맞이했다. 목을 쓰다듬었다. 슬그머니 목을 빼더니 다시 몇 번 캑캑거리며 제 갈 길을 갔다. 저녁을 먹고 시 낭송회를 나간다고 '사랑'이에게 눈길 한 번 주지 못하고 부랴부랴 발길을 서둘렀다. 낭송회를 마치고 집으로 오니 사랑이가 마루에 반듯이 누워 있었다.

"너는 마중도 안 나오고 이렇게 누워 있어, 이 녀석아!"

소리를 높였다. 이 정도면 반응을 보이며 일어나야 할 사랑이가 꼼짝도 하지 않았다. 아무래도 이상했다. 가서 몸을 만져 보았다. 이미 몸이 서서히 식어 가고 있었다. 의식을 잃어 가면서도 무언가를 보고 싶었던 듯 눈을 똑바로 뜨고 있었다. 손으로 눈을 감겼다. 그때야 스르르 눈을 감았다. 열나흘 달이 '사랑'이를 하얗게 비추고 있었다.

지금도 보름이 가까워지면 사랑이가 자꾸만 그리움으로 다가온다.

따뜻한 서리

늦가을, 혹은 초겨울이 되면 서리가 내린다. 무서리가 내리는 날은 작물들이 문을 닫는 날이다. 싱싱하던 작물들이 하얗게 말라 버리도록 냉정하게 내리꽂는 차가운 기운 앞에서는 말없이 고개를 숙일 수밖에 없다.

어제까지만 해도 각양각색의 화려함을 자랑하던 백일홍도 하얗게 말라 버리고, 금잔화의 황금색 화려한 꽃잎도, 맨드라미의 붉고 화려한 색깔도 병든 닭 볏처럼 늘어진다. 고추도, 가지도 금방 찜솥에서 나온 것처럼 흐물흐물 물러 버린다. 한 해를 마무리하라는 하늘의 명령은 차갑다 못해 근엄하다.

외로움에 허우적거리던 고등학교 시절, 방학을 맞이하여 고향으로 내려오던 날, 나는 외할머니 빈소에 들렀다. 외할머니 빈소는 황량하기 이를 데 없었다. 서리 내린 밭처럼 냉기가 가득했다.

'할머니, 멀리 가시는 길, 배웅도 해 드리지 못했어요.'

할머니의 훈기가 서리보다 더 차갑게 내 가슴을 후벼 파고들었다. 잔잔한 미소를 머금은 외할머니의 포근한 가슴 위에 나의 짙은 외로움이 스며들자 거대한 통곡으로 번져 갔다. 한참 동안 정신없이 외할머니를 불렀다. 하지만 그 어느 곳에도 할머니의 흔적은 없었다. 미소도 사라지고, 온기도 사라지고, 다정하던 언어도 사라진 자리는 텅 빈 황무지 같았다.

외할머니가 내 마음의 안식처였다는 것을 돌아가신 다음에야 알았다. 서리 맞은 작물처럼 늘어지는 내 마음이 그때 제대로 보였던 모양이다.

"우리 손자 학교 갔다 오는구나."

학교를 다녀오는 길에 들르면 늘 똑같은 모습으로 반겨 주시며 하시던 말씀이다. 학교에서 무슨 일이 있었는지, 아이들과 어떤 재미있는 일이 있었는지, 선생님은 잘해 주셨는지……. 일상적으로 굴러 가는 바퀴처럼 이어지던 똑같은 질문과 대답은 나에 대한 할머니의 관심으로 따뜻하게 가슴속으로 녹아들었고, 나는 마냥 포근하고 편안했다. 같은 말의 반복이 지루하게 느껴지는 것은 결국 사람 때문이라는 것을 외할머니를 보면서 알게 되었다.

초등학교 때는 하굣길이면 무엇에 홀린 것처럼 외갓집으로 발길을 돌렸다. 귀가하는 길 중간에 마치 통과의례처럼 외갓집을 들렀던 이유는 바로 외할머니였다. 할머니의 미소와 편안하게 어루만져 주시던 말씀 때문이었다. 가끔은 보너스도 있었다. 그 당시 동전 한 닢은 꽤 맛깔나는 사탕을 입에 넣을 수 있는 할머니의 마음이었다. 그런 날은 더욱더 신나게 엉덩이를 흔들면서 긴 골목을 빠져나왔던 기억이 어제 같다.

머리가 조금 더 굵어진 중학교 시절에는 가끔 들르기도 했지만 담 너머로 보이는 할머니를 흘끔 바라보는 것만으로도 평안을 얻었다. 마침 중학교 위치가 외갓집 쪽이어서 나는 늘 여러 골목길 중에 외갓집 골목을 골라 디디며 집으로 왔다.

서리보다 더 하얀 머리를 문밖으로 내밀고 기다란 대나무 담뱃대를 입에 문 채, 마치 나를 애타게 기다리시는 듯한 모습으로 손을 내밀던 할머니의 모습은 동양화 속에 등장하는 인물처럼 포근했다. 머리가 하얗게 세어서 늘 서리 내린 것 같다고 느꼈지만, 한없이 넉넉했던 할머니는 조금도 차갑지 않았다. 누구를 다치게 하지도 않았고, 상하게 하지도 않았다. 오히려 생기를 찾게 하는 따뜻한 서리였다.

집에서 무슨 일이 있을 때나 친구들 사이에서, 혹은 학교에서 된서리를 맞은 날도 할머니가 그것을 녹여 주는 힘이 되는 것을 보면서 참 신기하다는 생각을 했다. 할머니가 무슨 긴 위로의 말씀을 건네는 것도 아니었고, 특별한 처방을 내려 주시는 것도 아니었기 때문이다. 그냥 그 자리에 계시는 것만으로 힘이 되고 위로가 되는 것은 할머니가 가진 특별한 기운이었다.

팔순을 넘겼으면 그 당시로는 꽤 장수하신 셈이다. 다들 별로 아쉬울 것이 없는 넉넉한 삶을 누리셨다고 생각했다. 누군가에 대한 그리움은 그런 객관적인 판단과는 무관하다는 것을 외할머니가 돌아가신 다음에 비로소 가슴으로 느끼게 되었다. 삶과 죽음의 구분은, 볼 수도 만질 수도 없다는 것을 경계로 하는 것이 가장 현실적인 판단일 수 있다는 생각을 한다. 더는 볼 수 없게 된 그의 미소와 따뜻한 표정이 바로 할머니 죽음의 상징이었고, 이제는 만질 수 없게 된 손의 체온이 바로 할머니의 부재를 증명하고 있었다. 내가, 내 마음이 기대고 비빌 수 있는 언덕 하나가 세상에서 사라진 것이었다.

된서리는 작물을 가리지 않는다. 사람도 가리지 않는다. 어떤 작물이든, 어떤 사람이든 된서리 앞에서는 고개를 숙여야 하고, 오롯이 거기에 몸을 맡겨야 한다. 외할머니도 외로움에 몸을 떠는 손자를 두고 그렇게 세상을 떠나셨다.

할머니가 세상을 떠나신 지 40년이 다 되었지만 나는 아직 할머니와 살고 있다. 할머니는 지금도 그 자리에 그대로 앉아서 담배를 피우시며 나를 미소로 맞이하고 위로하고 격려하고 계신다.

이제 할머니를 닮은 내 머리에도 하얀 서리가 내렸다. 나를 할아버지라고 부르는 아이들이 내 집을 오고 간다. 아이들에게 나도 그 옛날 할머니의 냄새가 밴 따뜻한 서리가 될 수 있을까, 자주 나를 돌아본다.

돌아온 일기장

내 일기장이야. 슬며시 건네는 일기장에 온통 나의 일상이 오롯이 따라 넘어가는 듯 손이 떨렸을 것이다. 그동안 살아오면서 나 혼자만의 세상에 속해 있었던, 부끄러움은 물론, 기쁨과 슬픔, 고통의 느낌들이 적당히 뒤섞여 있는, 묘한 감정의 묶음을 오롯이 넘긴다는 것이 그리 쉬운 일은 아니었을 것이다.

친구가 나의 일기장을 읽었는지 읽지 않았는지는 잘 모른다. 어떤 경우라 하더라도 그게 문제가 되는 것은 아니다. 충분한 신뢰가 바탕이 되지 않으면 쉽게 할 수 없는, 그것도 사춘기 예민한 시기를 오롯이 그에게 공개해도 괜찮을 만큼, 믿음이 없으면 할 수 없었던 일이었지만 나는 과감하게 그 일을 감행했고, 그 순간이 나의 사춘기 역사가 그의 손에서 47년 동안 잠을 자게 되는 시발점이 되었다는 것이 소중하다.

50년 가까운 친구의 궤적을 그리는 것마저도 만만치 않다. 서울에서도 몇 번이나 이사를 다녔고, 결혼 후 인천으로, 캐나다로, 미국으로, 미국에서도 다시 시애틀에서 하와이로, 하와이에서 다시 시애틀로 가는 동안 덜컹거릴 때마다 끙끙댔을 나의 사춘기 신음이 고스란히 들리는 듯하다. 친구가 나의 사춘기를 안고 다닌 것인지, 나의 일기장이 친구의 삶을 살피며 다닌 것인지 가늠하기 쉽지 않지만 중요한 것은 둘이 함께 붙어 있었다는 사실이다.

어쩌면 친구마저도 그 존재를 잊고 있었을지도 모른다. 어느 날 문득 짐을 정리하면서 나온 까마득한 옛날 친구의 일기장, 어쩌면 화석처럼 존재만으로 가치를 가지게 된, 누렇게 빛바랜 공책 한 권을 들고 얼마나 많은 생각이 오갔을까? 반세기 가까운 세월을 훌쩍 넘어 동그마니 앉아 있는 철없는 이야기들 속을 들락거리면서 덧없이 흘러간 세월의 두께를 재 보기도 하고 순수했던 모습들에 미소를 보태기도 했으리라.

우리는 중학 시절, 〈상해 임시정부〉라는 영화를 보면서 의기투합했다. 제목만 봐도 이미 내용이 짐작되는 영화였지만 우리에게는 떼려야 뗄 수 없는 소중한 의미로 다가왔다. 중학교 3학년, 학생회장 선거 맞수로 한 차례 치열한 경쟁 상대였다는 사실마저도 까마득히 잊어버리게 할 만큼 상해 임시정부 요원들은 강력하게 우리 삶 속을 파고들었다.

그때만 해도 그 작은 고을 문경에도 영화관이 있었다. 지금보다 상황은 열악했다 하더라도 문화적인 혜택을 누릴 수 있는 바탕이 되어 있었던 셈이다. 우리는 아마 한 번 더 그 영화를 보러 갔던 것 같다. 영화 줄거리보다는 영화에서 만난 감동에 대하여 재잘거리면서 학교까지 걸어왔던 그 30분의 시간을 잊을 수 없었던 것이다.

그 후 한 개에 2원 하던 찐빵을 참 많이 먹었다. 만나서 이야기를 나눌 수 있는 곳으로 가장 괜찮았던 장소가 바로 빵집이었던 것이다. 〈상해 임시정부〉는 대화의 단골 메뉴가 되어 있었고, 찐빵을 먹는 동안 우리의 우정도 따뜻하고 도타워져 갔다. 친구와의 관계가 고등학교까지 이어지면서 일기장까지 맡길 수 있는 우정으로 발전했다.

'나는 친구가 없다.'라는 문장이 늘 일기장의 첫머리를 장식하던 고등학교 시절, 유일하게 나를 떠받쳐 주던 친구가 바로 그 친구였다. 그 후 고등학교를 졸업하고, 군대를 가고, 각자의 직업 속에서 허우적대면서 자주 만나지도 못하던 어느 날 문득 그 친구는 미국으로 떠났다. 만나지 않아도 생각만으로 위안이 될 수 있다는 것을 그 친구를 통하여 처음 알았다. 20년 가까이 만나지 못하면서 함께 찐빵을 먹어 본 지도 참 오래되었지만, 그 친구는 늘 나의 그늘이 되어 주고 있고, 위안이 되어 주고 있다는 것이 참 신기하다.

어느 날 문득 문자가 날아와 내 일기장을 되돌려 주겠다고 했다. 뜬금없이 무슨 일기장이냐고 하니 그냥 보면 알 거라고 했다. 며칠 후, 먼 이국땅 미국에서 이순의 나이를 훌쩍 넘기고서야 나의 손에 되돌아온 일기장을 받아 들고 한동안 어쩔 줄을 몰랐다. 빛바랜 일기장 그 자체로 나의 끊어졌던 역사가 되살아난 듯 지나간 일들이 어제 일처럼 하나하나 또렷이, 너무나 선명하게 일어서고 있었기 때문이다.

나의 인사동 시절

솟을대문에 바람이 인다. 소리도 없이 이는 바람에 볼이 간지럽다. 굵은 소나무로 깎은 기둥이 서 있고 그 가운데 육중한 대문이 묵묵히 사람들을 기다린다.

솟을대문은 사람들을 맞아들이기에는 다소 무겁다. 무엇이든, 누구든 근엄한 무언가가 그 너머에서 기다리고 있을 것처럼 느껴지기 때문이다. 묵직한 대문을 밀고 들어서면 이런 예상과는 달리 산뜻한 풍경이 정겹게 다가선다. 조명도 화려하고, 자리도 편안하게 앉을 수 있도록 배려한다. 다양한 모습의 현대가 전혀 낯설지 않은 자리로 안내한다.

들어서기 전의 세상과 들어서서 만나는 세상이 다르다. 겉모양과 속의 내용이 딴판이다. 타임머신을 타고 꽤 먼 거리를 달려야 만날 수 있었을 것 같은 공간을 순식간에 만난다. 이게 바로 인사동이 가진 매력이다.

창 너머로 보이는 진열대에는 온통 조선시대 여인들이나 쓸법한 디자인의 잔 물건들이 빼곡한데, 그걸 구경하겠다고 들어서는 사람들의 옷차림은 현대적이다 못해 눈부시다. 한복을 차려입고, 옛날 물건이나 음식을 팔고 사는 사람들과 그것을 구경하거나 즐기려는 사람들의 조화가 전혀 낯설지 않은 공간, 그게 바로 인사동의 매력이다.

"굶으면 안 된대이."

꼬깃꼬깃 흙 때가 묻은 백 원짜리 한 장을 손에 꼭 쥐여 주시며 여러 번의 긴 당부를 하시던 엄마의 모습이나, 반 시간쯤 걸어야 나올 수 있는 버스 정류장까지 기어코 나와서 손을 흔들어 주고 돌아가시던 형수님들의 모습은 정서적으로 꽤 먼 과거에 머물러 있었다. 버스를 타고 마장동 버스 정류장에 내리는 순간, 그때만 해도 변두리였던 그곳에서부터 벌써 문명의 냄새가 짙게 풍겨 왔다. 그 시절이 바로 느리게 걷던 고향의 정과 빠르게 달리던 서울의 속도를 함께 살던 나의 인사동 시절이었다.

차이 나는 속도 앞에서 정신을 차리지 못하고, 수업 시간에는 꼬박꼬박 졸았다. 차창을 스치는 풍광처럼 빨리 지나가는 일상의 속도감이 어지러웠다. 방학에나 내려갈 수 있는 느긋한 고향의 속도, 엄마의 속도를 마냥 그리워하면서 무겁고 건조한 세월을 보냈다.

서울과 고향을 오가며 인사동을 살던 시절, 어떤 때는 서울도 고향도 다 낯설었다. 서울은 너무 빠르고, 고향은 너무 느렸다.

서울에 있으면 고향이 그립고, 고향에 있으면 서울이 궁금했다. 서울은 넓은데 사람이 없었다. 다들 자기만의 일에 빠져 자기를 건사하기에도 바빴다. 시골에는 사람은 많은데 차가 없었다.

가끔은 서울도 고향도 다 포근할 때가 있었다. 서울에는 오롯이 나만의 독립된 공간이 있어서 온전한 자유를 누릴 수 있었고, 고향에는 정든 추억과 사람들이 있었다. 자그마한 자취방에 틀어박혀 아무런 방해도 받지 않고 내가 하고 싶은 것을 할 수 있는 자유는 그 어떤 행복감 못지않은 충만함으로 다가왔다. 가끔은 밤새워 책을 읽기도 하고, 실컷 잠을 잘 수도 있었다. 먹을 자유뿐만이 아니라 먹지 않을 자유도 넉넉하게 보장되었다.

고향은 가난하고 누추해도 사람들이 많아서 좋았다. 엄마만으로도 집이 넉넉한데, 골목만 나서면 환히 웃으며 다가오는 정든 얼굴들이 가득했다. 집에서도 웃고, 나가서도 웃을 수 있는 곳이 고향이었다. 가난해도 얼마든지 웃을 수 있다는 것을 가르쳐 준 곳이 고향이라는 것을 오랜 세월이 지나고서야 깨달았다.

요즘 인사동이 붐비는 것은 과거와 현재를 동시에 만날 수 있는 곳이기 때문이다. 느림과 빠름이 공존하는 공간이기 때문이다. 추억을 충분히 되뇌면서도 현실을 살아갈 수 있는 기운을 만날 수 있는 곳이기 때문이다.

나의 인사동 시절, 거기서 나는 속도를 배웠다. 빠르게 달릴 때는 빠르게 달려야 추진력이 생긴다는 것을 괴로움 가운데서

익혔다. 한편 빠르지 않아야 할 때와 빨라야 할 때를 구분할 줄 아는 지혜가 생겼다. 빠름의 미학을 강요하던 서울과 느림의 미학을 심어 준 고향이 적절하게 섞이면서 얻은 귀한 불로소득이다.

하나 더 배운 것이 사람이다. 자기의 일에 대한 뜨거운 열정과 함께 여유로운 마음이 사람을 보게 한다. 사람을 보고 만나고 배우지 않으면 삶은 의미가 없다. 서울 사람들의 뜨거운 삶과 고향 사람들의 여유로운 정이 만나 악수를 나누는 순간, 삶에 뜨거운 의미가 생긴다.

나는 서울을 갈 기회가 있을 때면 자주 인사동을 들른다. 거기서 나의 인사동 시절을 반추하면서 내 삶의 속도를 조절한다. 내가 만나는 사람들을 떠올리면서 그들이 내 삶에서 얼마나 소중한 사람들인가를 다시 한번 되뇌어 보기도 한다.

가족의 확대

어둠의 기운이 산 밑에서 스멀스멀 기어 나오기 시작하면 일찌감치 잠자리를 찾는다. 엄마였던, 혹은 자매나 친구일지도 모르는 따뜻한 체온 옆자리를 찾아 올라가 살포시 기대고 눈을 감는다. 주로 모이를 먹고, 가끔 모래 목욕을 하고, 자주 쫓거나 쫓기면서 허둥대다가 둥지로 올라가서 알을 낳는 성스러운 의식을 치르기도 하면서 하루를 보내고 나서는 피곤한 몸을 눕히는 가장 평화로운 시간이다.

닭장의 일상은 단조로워 보이지만 이른 아침부터 날이 밝았다는 것을, 혹은 곧 밝아 온다는 것을 목청을 다하여 우렁차게 반복하여 알리면서 일과가 시작된다. 자주 걱정스러울 정도의 비명이 들리기도 하고, 경망스럽다 생각이 들 정도로 길게 이어지는 괴성, 쪼이며 달아나는 소리, 소리로 대변되는 그들의 분주한 일상은 생각만큼 단조로워 보이지만은 않는다.

자주 암컷을 두고 벌이는 수컷들의 전쟁이 문제가 될 때가 있다. 암컷을 양보하지 못하는 본능은 피를 볼 때까지 격렬한 싸

움으로 드러난다. 한 녀석이 고개를 땅에 처박고 항복을 해야 마무리가 된다. 진 녀석이 다시 덤벼들지 않는 한 평화가 이어진다.

암컷은 좀 다르다. 일상적인 견제가 이어진다. 모이를 먹을 때나 물을 먹을 때나 눈에 뜨이면 쫀다. 약자들은 종일 눈치를 보면서 살아야 한다. 그 서열의 변동은 내 손에 의해서만 가능하다.

유독 얄밉게 구는 녀석을 가끔 다른 곳으로 보내 감금할 때가 있다. 며칠 후 다시 원래 닭장으로 돌려보내면 그동안 짜인 서열의 엄중함 아래서 벌벌 떨다가 결국은 복종할 수밖에 없다. 기존의 서열이 바뀌는 것이다. 가장 낮은 서열로 제일 뒤편에 서야 한다. 함께 산다는 게 얼마나 큰 힘이 되는가를 느끼게 해주는 대목이다.

어떨 때는 닭장에 앉아 그들의 이런 다양한 모습을 지켜보면서 세상을 만난다. 끊임없이 쫓고 쫓기다가도 기댈 때는 기꺼이 어깨를 내어 주는 모습이 아름답다. 족제비의 침입으로 암탉을 서너 마리 잃었을 때, 수탉의 서열이 순식간에 바뀌어 있었다. 침입을 제대로 막지 못한 가장(家長)의 책임을 그대로 묻고 있는 모양새였다. 서열이 낮았던 닭에게 종일 쪼이면서도 도무지 기를 펴지 못했다. 서열에서 밀린 수탉이 암탉을 잡아서 서열이 높은 수탉에게 바치는 모습은 강한 자에게 약한 인간의 모습을 그대로 닮아 있어서 실소를 금치 못하게 한다.

닭들에게 가장 중요한 것은 결국 생존을 위하여 먹는 일이다. 청미에다 깻묵, 등겨, 달걀 껍질 등을 섞어 주면 식성에 따라 청미에 먼저 입이 가기도 하고 깻묵에 달려들기도 한다. 가장 좋아하는 것은 먹다 남은 잔밥이나 벌레, 배춧잎 등이다. 어쩌다 지렁이라도 한 마리 나오는 날이면 먼저 본 녀석이 물고 닭장을 열 바퀴쯤 돌아야 마무리가 된다. 결국 조금씩 나누어서 먹는 결과로 끝이 나는 일이다.

오랫동안 키우다 보니 그들의 서열이나 성격이나 낳는 알의 모양, 색깔까지 알게 된다. 심지어는 부화기에서 태어날 때의 모습까지 기억에 남아 있는 닭도 있다. 여러 개의 알을 넣었지만 유독 하나만 부화하여 정성을 다하여 길렀던 병아리에게는 '열락'이라는 이름까지 붙여 주었다. 이제 어미 닭이 되어 있지만 지금도 닭장에 가면 큰 두려움 없이 내게 다가오는 무뚝뚝한 정감을 보인다.

닭을 키우면서 가장 신경 쓰이는 때가 바로 수탉의 숫자가 많을 때다. 수탉이 많으면 암탉들이 고달프다. 온종일 수탉들에게 시달리다 보면 등 위의 털이 다 빠진다. 수탉의 숫자를 조절할 수밖에 없다.

아내는 수탉을 잡으라고 안달을 하지만 나는 우리 닭을 먹지 못한다. 살아온 흔적이 마음속에 그대로 남아 있어서 입을 댈

수가 없다. 나도 모르는 사이에 그들이 나의 다정한 가족이 되어 있었던 모양이다. 닭장이 내 삶 가운데 깊숙이 들어와 살고 있다. 나도 그들 속으로 들어가 모이를 주고, 삶을 나누면서 웃는다. 요즘은 닭이 나의 가장 알뜰한 가족이다.

서로 알아야 가족이 된다. 함께 삶을 나누어야 가족이 된다. 함께 살아도 가족이 아닐 때가 있다. 함께 살지 않아도 가족일 때가 있다. 알아 가고자 애쓰는 마음과 알뜰한 나눔이 결국 가족이라는 울타리를 형성하는 게 아닐까.

10년 넘게 농사를 지으면서 가족의 범위가 넓어진다. 논에 들어가 있을 때, 그렇게 마음이 편안할 수가 없다. 모를 심고, 그 모가 자라는 모습을 보면 흐뭇하다. 하루에도 몇 번씩 논에 들러 그들이 자라는 모습을 보고 싶을 때가 있다. 논둑에 풀이 자라면 행여 병이라도 옮길까 노심초사하면서 풀을 깎아 주고, 동물들이 들어와서 짓밟아 놓을까 걱정한다.

밭이랑마다 묻혀 있는 평화를 일구어 내는 일도 빼놓을 수 없는 행복감이다. 봄이 되면 밭을 갈고 다듬어서 거기에 다양한 작물을 심는다. 빨리 심는 작물에는 완두콩, 강낭콩이 있다. 완두콩이나 강낭콩은 6월이면 수확이 가능하여 어른들은 유월콩이라고 부르기도 한다. 비슷한 시기에 감자를 심는다. 이어서 고구마, 고추도 심고, 토마토, 오이, 상추, 아욱, 근대, 참깨, 들깨 등 시기에 맞추어서 먹을거리들을 심는다. 매일 밭에 나가서 이들이 잘 자라도록 보살핀다. 그러다 보면 이들이 다 가족이 된다.

이들과 같이 살면서 삶이란 어쩌면 가족을 늘려 가는 일일지도 모른다는 생각을 하게 된다. 그들과 함께 삶을 나누고 즐기면서, 내가 그들 삶의 도구가 되기도 하고 자양분이 되기도 한다. 반대로 그들이 내 삶을 풍요롭게 해 주는 요소로 서고, 나의 정신적, 신체적 자양분이 되어 주기도 한다. 함께 살면서 함께 커 간다. 참한 가족의 모습이다.

언제 그랬느냐는 듯이

까마득한 세월 속으로 거슬러 올라가다 보면 블랙홀에 빨려 들 듯 깜깜한 터널 속에서 나를 꼼짝달싹 못 하게 하던 시절을 만난다. 뛰어야 하는데, 뒤에서는 나를 잡으려고 달려오는 검은 힘이 내 뒷덜미를 곧 낚아채려 하는데, 단 한 발자국도 내딛지 못하고 진땀만 바짝바짝 흘리다가 깜짝 놀라 깨는 꿈처럼 그 시절은 끈질기게도 내 발목을 잡아 왔다.

그럴수록 나는 그 시절에 대한 추억 덩이들을 한꺼번에 몰아서 내팽개쳐 왔고, 내 인생에서 지우려고 애를 써 왔다. 일정 부분 그것은 성공을 거두기도 했다. 그때 맺어 왔던 관계에 대한 애착을 희미하게 만들었고 더 이상의 미련을 남기지도 않음으로써 조금은 그 깜깜한 터널에서 해방된 기분을 느끼기도 했다.

“내 인생에서 고등학교 시절이야말로 가장 어두운 시기였어. 기억하고 싶지 않아.”

가끔 고등학교 시절을 물어 오는 사람들에게 시큰둥하며 내뱉던 말이다. 그 가운데서도 내 기억의 끈을 물고 늘어지는 기억들이 없었던 건 아니다.

늘 코를 킁킁거리며 시간이 날 때마다 나를 자기 집으로 데리고 가서 원고를 대필시키던 사회 선생님의 넓적한 얼굴, 어느 날 생물 선생님이 입고 오셨던 한복의 고운 빛깔, 수학 시간만 되면 나뭇짐처럼 무겁게 몰려오던 잠, 국어 선생님의 유달리 커다랗던 눈과 빵떡모자, 복닥거리며 허기진 배를 채우던 매점……. 그다지 가치 있는 기억도 아닌 것들이 내 머리를 떠나지 않고 자석에 달라붙은 쇳가루처럼 대롱대롱 내 머릿속을 채워 왔다.

떨쳐 버리기도 어려웠을 뿐만 아니라, 견디기도 어려웠던 기억은 기실 친구들에 대한 기억이었다. 버스에 앞서 올라가면서 자기 버스표 한 장만 딸랑 내고 오르던 소풍 길 친구의 모습, 자기 책상으로 내 책 귀퉁이가 넘어갔다고 끈질기게 짜증을 내던 친구의 잔소리, 별일도 아닌 것으로 복도를 온통 소란 덩어리로 만들어 놓던 친구, 숨 쉴 틈 없이 바쁘게 돌아가는 하루 일정 속에 친구들과 이야기 한 번 나눌 시간을 가지지 못하고 지나가던 일과(日課), 다정하게 이야기 나눌 수 있는 친구 하나를 선뜻 기억해 낼 수 없었던 저녁 시간……. 그 시절 내 일기는 늘 '친구가 없다.'는 말로 시작되곤 했다.

꼭 이런 하잘것없는 기억들만으로 채워져 있는 것만은 아니면서도 유독 부정적인 생각들로만 그 시절을 반추하는 것은 내가 그 시절을 제대로 딛고 일어설 만한 환경에 있지 못했던 것들에 대한 반항적 심리에서 온 것은 아니었을까?

감독도 없이 시험을 쳤던 용기 있는 시도라든가 실제로 땀이 배어 있는 과제장을 잘도 알아보고 대접해 주시던 윤리 선생님의 진심 어린 미소, 아침마다 교문에서 '안녕!' 반가운 목소리로 인사해 주시던 친절한 교감 선생님과 시인으로 명성을 떨치시던 몇 분 선생님들의 감성, 아름다운 사랑의 이야기를 안고 있는 우정의 탑과 같은 것들은 내 고교 시절을 빛내 주는 얼마나 아름다운 요소들인가!

다시 생각해 보면 역시 친구든 선생님이든 직원이든 내가 다니던 학교와 관련된 어떤 사람과도 연결되어 있지 못한 상황이 그 시절을 어둡게 기억하는 가장 큰 요소라는 생각을 하지 않았던 건 아니다.

학원 시절부터 이어진 아이는 늘 같은 날처럼 미소를 머금은 채 나의 가까이에 있었고, 집이 부근에 있어 자주 왕래하면서 가장 가까운 거리에서 우정을 키워 갔던 아이도 있었고, 그 아이와 함께 셋이서 자주 어울렸던 아이도 참 착한 친구였다는 기억을 가지고 있다. 자주 탁구를 함께 쳤던 아이, 거구를 이끌고 늘 허허 웃으면서 사람 좋던 아이, 기꺼이 나를 성바오로수녀원까지 안내해 주고 영세 때는 내 대부가 되어 주었던 아이, 신부가 되었다는 것을 소문으로 듣고 있는 아이……. 가끔 매스컴을 통해서 만난 친절하던 교감 선생님, 시인이었던 국어 선생님, 영어 선생님, 수사님이었던 윤리 선생님도 참 보고 싶은 얼굴이다.

이 중 어느 누구의 소식도 제대로 알지 못하고, 연결되지 않는 상황, 어쩌면 영영 이어질 수도 없다는 생각을 하는 한 그 시절은 어둠의 동굴일 수밖에 없었을지도 모른다. 우리 삶에서 동굴이라는 것이 어둠의 그림자만 드리우고 가만히 앉아 있는 것은 아니다. 채우고 싶은 허기 같은 것을 불러와서 삶의 허리가 꺾이게 하고, 몰래 물이 새는 독처럼 소중한 무언가가 나도 모르는 새 줄어들고 있다는 것을 느끼게 하는 것이다.

삶에서는 사실 그 반대의 기억을 금고 속의 소중한 보물처럼 간직하고 살아야 한다. 힘이 들었으되 무너지지 않고 힘차게 일어섰던 시절에 대한 기억은 평생을 두고 목마른 나의 논에 조금씩 물을 대 주기 때문이다. 어려움을 딛고 일어서는 디딤돌이 되어 주고 내 삶에 활기를 불어넣어 드디어는 꽃을 피우게 하는 자양분이 되어 주기 때문이다.

그런데 나의 고등학교 시절에 대한 생각은 늘 어두웠다. 연결되는 끈이 없으므로 만회할 수 있는 고리도 없었다. 그들을 찾아 나설 엄두는 더더욱 내지 못했다. 그냥 그렇게 어두운 세월로 마무리하는 수밖에 없는 거라고 가끔 생각날 때마다 한숨 섞인 독백으로 마음을 달래곤 했다.

따스한 햇살을 따라 타박타박 봄이 오던 길목, 고향에 계신

형님이 들뜬 목소리로 전화를 하셨다.

"네 고등학교 친구들이 찾아왔다!"

"예………?"

나를 찾아올 고등학교 친구들이 있을 리가 없었다. 얼마나 많은 세월이 흘렀는가? 나를 기억 속에 담아 두기에도 너무 많은 세월이 흘렀기 때문이다.

"누가 왔다고요?"

혹시 고등학교 친구라면 제일 먼저 떠오르는 얼굴이 나와 가까이에 살던 아이였다. 고등학교를 졸업하고 가정 형편이 여의치 않아 대학 진학을 포기한 채 낙향, 노동판을 다니기도 하고 집일을 거들기도 하면서 지낼 무렵, 한 장의 편지를 받은 적이 있었다.

'언제 한번 너희 집에 가고 싶다.'

친구를 맞이할 형편이 아니어서 답장도 못 하던 세월이 흘렀고 그 세월의 그림자가 지금까지 늘어지고 있는 상황이어서 고등학교 친구라면 늘 적극적인 성격이었던 그 아이가 아닐까 하는 생각이 순간적으로 내 머리를 스친 것이다.

"전화를 바꿔 주마."

"나, 일이야. 권이랑 같이 왔어. 잘 있었어? 보고 싶다, 야!"

전화기 너머로 들려오는 흥분한 목소리의 주인공은 자취방 가까이 살던 친구가 아니라 다른 친구들이었다. 신기하게도 그들의 이름을 듣는 순간, 몇 십 년 전 모습이 고스란히 떠올랐다. 눈물이 핑 돌았다. 이게 웬일인가? 40년 가까운 세월의 고개를 넘어 훠이훠이 달려온 친구들, 내가 극복할 수 없을 거라고 생각했던 고등학교 시절 그 어두운 하늘에 동이 터오는 것을 느꼈다. 발그레한 기운이 구름 사이를 뚫고 서서히 그 얼굴을 드러내고 있었다.

하룻밤을 같이 자면서 많은 이야기를 나누었다. 까마득히 오래전에 지나간 어둡고 슬픈 드라마를 다시 꺼내 재방송을 보듯 많은 일이 스쳐 지나갔다. 두 친구와 더불어 저 너머에서 서서히 밝아 오는 고등학교 시절 나의 하늘이 배경으로 어우러져 환상적인 구도와 색조를 드러내고 있었다.

두 친구가 어둡게 잠자던 나의 추억에 보내 준 달콤한 입맞춤이 나의 삶 한 귀퉁이를 덮고 있던 검은 장막을 활짝 열어젖혔다. 나는 어두운 추억으로 밀봉하려고 했던 그 세월을 행복하게 되찾았다.

시커먼 구름이 땅에 닿을 듯 낮게 깔리고 천둥이 치고 번개라도 번쩍이는 날이면 다시는 햇빛을 만날 수 없을 것처럼 두려움에 젖는다. 소나기가 한줄기 시원하게 내리고 언제 그랬느냐는 듯이 활짝 갠 하늘에 햇빛이 찬란하게 드리우면, 언제 그랬느냐는 듯이 어두웠던 하늘을 잊는다. 마치 어두웠던 하늘이 있어서 더 밝은 하늘을 볼 수 있었다는 듯이.

그저 수저통에 꽂혀 있는 국자처럼

최종숙

해 질 무렵

첫아이 키울 때 아이는 해 질 무렵만 되면 칭얼대기 시작했다. 어둠이 온전히 내려야만 보채기를 멈추고 지쳤는지 잠이 들었다. 나는 단순히 잠투정이 심하다 여겼는데 시어머니는 저녁을 타는 아이가 있다고 하셨다. 저녁을 탄다는 게 무슨 말일까. 아기가 손 타다는 말이 있다. 어른들이 계속 안아 주면 그 행동에 익숙해져 자꾸 해 달라고 보채는 것처럼 해 질 무렵만 되면 보채는 아기가 저녁을 타는 아기다. 아기들은 오직 오늘만을 살고 내일은 없다고 여긴단다. 그래서 오늘 해가 지는 것에 불안해한다. 잠이 든다는 건 죽음과 같은 공포로 느껴 잠에 들지 않으려 칭얼대며 깨어 있으려 보챈단다.

나도 한동안 저녁을 탔다. 저녁 하늘이 붉게 물들기 시작하면 애써 눈길을 돌려버려도 슬며시 알 수 없는 감정이 올라오곤 했다. 아마 불안감과 슬픔 같은 것. 누구는 격정적인 석양을 바라보는 것이 좋다지만 나는 그 시간이 빨리 지났으면 했다. 차라리 밤의 캄캄함과 고요함이 마음의 평화를 주었다.

생텍쥐페리의 《어린 왕자》에 해넘이에 대한 것이 있다.

—오랫동안 네 마음을 달래 주는 것이라곤 아늑하게 해가 저무는 풍경밖에 없었다고 느끼는 생텍쥐페리.

—"아저씨도 알거야……, 그렇게도 슬플 때는 누구나 해가 저무는 게 보고 싶지."라는 어린 왕자.

어린 왕자는 슬플 때 해넘이를 보며 슬픔에 온전히 빠졌던 걸까. 아니면 해가 저무는 풍경을 보며 그 마음을 애써 달래고 있었을까. 나는 아늑하게 해가 저무는 풍경이란 말에 동의할 수 없었다. 꽤 오랫동안 해 질 녘을 피하고 살았다. 해 질 무렵을 좋아할 수 없는 여러 가지 이유가 있다. 저녁 어스름이 내리면 동네 어귀에 흔들리는 아버지의 지게가 보인다. 차곡차곡 쟁겨 당신 키보다 훨씬 높게 쌓인 아버지의 지게는 아마 힘에 부쳤을 테고 그 기운은 붉은 노을처럼 그대로 가족들에게 전해졌다. 결혼 후 첫아이는 저녁을 타는 아이라 두어 시간씩 업고 다녀야 했다. 그 이후로는 아버지가 분출하던 붉은 기운처럼 나도 해 질 무렵이면 화가 차올랐다. 삼 년 터울이지만 남자아이 둘을 키우는 엄마는 조용히 해 질 녘을 맞을 수가 없다.

시간의 흐름과 함께 슬픔과 불안 같은 감정을 피하기보다는 인정하고 좀 더 단단해지면서 해 질 녘을 평화롭게 볼 수 있게 되었다. 남편 후배들과 조금씩 돈을 모아 해외여행을 갔다. 마음먹기 쉽지 않은 곳으로 가자고 했다. 그렇게 선택된 곳은 하와이다. 하와이에 대한 기억은 해산물이 많은 음식과 선셋이다. 일찌감치 자리를 잡고 선셋을 기다렸다. 사람들은 제각각 편안한 포즈로 해넘이를 맞이했다. 하늘 넓게 퍼져 있던 구름은 붉은색, 아니 주홍빛으로 그러데이션 되는데 자연만이 그릴 수 있는 색채다. 이 광경을 담고 싶어 사람들은 셔터를 눌러 대지만 눈으로 보는 장대한 광경을 다 담아내지 못한다. 바다로 넘어가는 해를 보며 아주 작은 점에 불과한 나를 본다.

밝음도 아니고 어둠도 아닌 붉은 기운에 막연하게 올라오는 불안과 두려움, 슬픔 같은 감정을 회피하고 싶어 해 질 녘을 싫어한 게 아닐까. 삶은 끝없는 공부이다. 내가 경험하고 인정하며 받아들일 때 두려움과 불안, 공포도 사라지겠지. 노을을 보며 또 다른 내일을 기대한다.

당혹스러운

기대가 되지 않는 새해를 맞았다. 이제는 코로나 이전 생활로 돌아갈 수 없을 것 같은 기운마저 든다. 마스크는 신체의 일부가 되고 식당이나 카페에 들어가면 창가 자리가 좋을까, 어디 자리가 분위기가 좋을지 둘러보기 전에 QR코드라는 보초병의 허가를 받아야 한다. 여전히 코로나바이러스는 사라질 것 같지 않고 그에 따라 생활 반경은 너무나 좁아졌고 관계마저 멀어져 간다. 몸은 확진자가 되고 마음에는 부정적인 신호가 자꾸 들어와 당혹스럽다.

새해가 되고 이틀째, 뉴스는 온갖 정신 건강을 괴롭히는 사건 사고로 넘쳐난다. 요즘 신문 보는 사람이 얼마나 될까. 휴대폰 화면을 스치기만 해도 신문, 방송사 모든 언론사의 뉴스가 뜬다. 몇 년 전까지만 해도 신문을 구독했다. 조간신문이 오면 남편은 일 면부터 넘기지만 나는 뒤쪽에서 앞으로 넘기며 신문을 봤다. 보고 싶지 않은 정치 뉴스는 제일 나중이라 그냥 덮어 버리면 된다. 내가 즐겨 본 부분은 사회면과 문화면이다. 요즈음 사회문화에 대한 뉴스는 눈에 잘 띄질 않는데 사회면에 있을 법한 뉴스가 영상과 함께 올라왔다.

날씨 예보는 12월에 강한 추위가 찾아온 것은 40년 만이라 했고 매서운 날씨는 여러 날 맹위를 떨쳐 우리 동네 저수지도 꽝꽝 얼어붙었다. 그런 저수지에 두어 달 돼 보이는 어린 강아지를 커다란 돌에 목줄을 묶어 두고 주인은 가 버렸다. 강아지는 얼음 위에서 움직일 때마다 뒷다리는 맥없이 미끄러져 안간힘을 쓰는 영상이었다. 다행히 지나가던 사람이 강아지를 구조했단다. 지나던 사람이 못 보았으면 강아지는 어떻게 되었을까. 주인과 함께 산책 가는 줄 알고 꼬리를 흔들며 좋아했을 강아지가 눈에 선하다. 개와 함께 사는 게 쉽지 않지만, 인간으로서 하지 말아야 할 당혹스러운 사건이 일어났다.

당혹스러운 일은 대체로 예고 없이 불쑥 찾아온다. 당혹스럽다는 정신이 헷갈리거나 생각이 막혀 어찌할 바를 몰라 하는 것이다. 나에게 가장 당혹스러웠던 일은 언제였을까. 아파트 단지 내 도서관에서 빌린 책을 수북이 쌓아 두고는 그 위에 손가방을 올리고 친구와 이야기를 나누는 사이 후다닥 소리와 함께 사라졌다. 그 순간 생각이 막히고 말문이 막히고 어찌할 바를 몰라 어, 어 소리만 냈던 기억이 있다. 건장한 젊은 남자를 쫓아가기는 역부족이고 아파트 관리실에 찾아가 CCTV를 확인하고 파출소에 신고하는 사이 정신을 차리고 보니 집에는 연락하지 못했다. 늦은 시간 집에 들어가니 화가 잔뜩 난 남편은 그런 일이 생기면 당연히 남편이 먼저 생각나야 한다며 자신에게 연락하지 않았음을 추궁해 또 나를 당혹스럽게 한다. 나는 다음 날 텅 빈 손가방은 찾았지만, 그 당혹스러움에서 헤어나기는 여러 날이 걸렸다.

우리는 자주 당혹스러움을 만난다. 당혹스러움을 느끼는 것은 풀어야 할 문제라는 것이다. 어색한 분위기를 어떻게 해결해야 할지, 만나고 싶지 않은 사람을 만났을 때 내가 취해야 하는 말과 행동은 어떠해야 할지, 생각지도 않았는데 누군가로부터 뒤통수를 얻어맞는 일이 있어도 그 또한 내가 해결해야 하는 문제이다. 이 당혹스러운 일들을 풀어 나가는 게 인생이 아닐까. 경험이 큰 자산이 된다면 아직도 쌓아야 하나 의구심이 들기도 하지만 다시 가방을 눈앞에서 도둑맞아도 어떻게 해결해야 할지 해답은 떠오르지 않는다.

올해는 호랑이띠다. 호랑이에게 물려 가도 정신만 차리면 된다는 속담이 있듯이 당혹스러운 일이 내 앞에 펼쳐지더라도 헷갈리지 말고 정신 똑바로 차릴 수 있게 마음의 여유를 가져야겠다. 어찌할 바를 몰라 당혹해하지 말고 나이 한 살이 더해졌으니 좀 더 현명해지고 싶다. 엄마의 팔순에도 온 가족이 모이지 못하고 날짜를 달리하여 생신을 축하했다. 팔순에는 북 치고 장구 치고 동네잔치 크게 하려고 했으나 코로나 때문에 어쩔 수 없다 했더니 엄마는 코로나 끝나면 꽹과리 치고 잔치 크게 하자 하신다. 당혹스러운 코로나지만 희망마저 놓아 버리지는 말자.

짧은 봄, 짧은 단어

어김없이 찾아온 봄이다. 일기예보는 이른 봄이 되면 꽃 피는 시기를 알려 주곤 했다. 제주부터 시작해 올라오는 개화, 벌을 키우는 양봉인은 기상청이 알려 주는 때에 맞춰 양봉 장소를 옮겨 다닌다고 한다. 그런데 올해는 아래로부터 올라오는 꽃 소식이 아니라 동시에 꽃이 피었다. 꽃을 찾는 벌들도 아마 어리둥절하겠지. 짧은 봄이 더욱 짧게 느껴진다. 코로나로 몇 년 동안 만나지 못한 동창 모임에서 근처 꽃구경을 나섰다. 국도 변 벚나무가 꽃으로 터널을 만들었다. 천천히 지나는데 바람에 꽃비가 내린다. 영화의 한 장면 같은 순간. 같이 간 친구는 "아, 예쁘다."라며 감탄하고 나는 '아' 소리만 내고. 우리는 순간 형언할 수 없는 장면에 말을 잃어버린다.

최근 여행하며 세계의 명소를 보여 주는 TV 프로그램을 보며 답답함을 느낀 적이 있다. 스페인 바르셀로나를 대표하는 사그라다 파밀리아 성당. 네 명의 여행자가 성당을 보며 하는 말 "너무 멋지다." "가우디는 어떻게 이런 생각을 했지." "대단하다."

여러 말들 중 '미쳤다'라고 말하는 이가 있다. 세계에서 가장 멋진 건축물을 보면서 하는 말이 '미쳤다'라니. 미쳤다는 말은 긍정의 뜻보다는 반대의 뜻으로 인식되는 말이다. '정신에 이상이 생겨서 정상적이지 않은 상태이거나 상식에 지나치게 벗어난 행동을 하다.'이다. 다르게는 무엇에 이르다가 있다. 긍정적으로 미치다를 해석하면 '가우디의 건축물이 예술 작품에 이르다.'이겠지. 하지만 '미쳤다'를 듣는 내내 가슴 답답함이 느껴졌다. '미쳤다'는 요즘 젊은이들이 자주 사용하는 단어이다. 가격이 싸도 미친 가격이고 비싸도 미친 가격이다. 너무 맛있어도 미쳤다고 한다. 아마 어느 기준선을 넘어서면 '미쳤다'는 단어가 사용되는 듯하다.

대구미술관에서 김환기 화가의 작품 앞에서 숨을 쉴 수가 없었다. '헉!' 하며 가슴이 멈춰 버릴 것만 같았다. 어쩌면 눈물이 날 것도 같은 이 기분, 이 느낌을 뭐라고 설명할 수 있을지 자주 내 안에 단어가 적음을 절실히 느낀다. 작품 제목 〈어디서 무엇이 되어 다시 만나랴〉에 걸맞게 나의 감상을 멋지게 표현하고 싶은데 제대로 표현할 단어가 떠오르지 않는다. 내가 가우디의 건축물을 본다면 어떻게 말할 수 있을까. 어쩌면 '미쳤다'를 외친 그와 별반 다르지 않으리라. 너무나도 뛰어난 작품 앞에서 매번 말을 잃어버린다. 국어사전에 빼꼭히 있는 단어 중 내가 즐겨 이용하는 단어는 얼마나 될까. 사람마다 사용하는 단어,

언어습관에 따라 다르겠지만 아마 한정된 단어일 것이다. 내 안의 나를 잘 표현하고 싶은데 나의 언어는 짧은 봄만큼이나 짧아 더욱 아쉬운 봄날이다.

어우러지다

하늘은 더욱 깊은 색을 띤다. 밤사이 내린 비가 먼지 하나 없는 깨끗한 가을날을 선물하고 갔다. 일 년에 한 번 독서회에서 가는 문학 기행이다. 담양 가사문학관과 화순 운주사로 버스는 출발했다.

출발 후 마이크를 돌리며 인사를 한다. 인상 깊은 분이 한 분 있다. 나이는 육십 대 정도인데 웃는 인상과 충청도 사투리를 쓰시는 분이다. 사연 없는 사람이 어디 있겠냐마는 자신도 책 몇 권은 될 직한 삶을 사셨다며 말문을 여셨다. 남편은 토끼, 자신은 거북이로 살았는데 이제 돌아보니 거북이인 자신이 이겼다며 웃으신다. 남편이 빨리빨리를 외칠 때마다 얼마나 힘이 드셨을까. 문학 기행이 너무 설레고 행복하다며 인사말을 한다. 버스 안에서는 몰랐는데 허리가 많이 굽으셨다.

운주사는 와불로 유명한 곳이다. 와불은 누워 있는 부처인데 운주사 와불은 미완성 좌불이다. 커다란 바위에 부처를 조각하고 그것을 떼어 내서 좌불로 앉히려 했는데 여의치 않아 그대로 누워 있는 와불이 된 것이다. 미완성이라 더욱 애잔한 느낌이 들었다. 운주사에는 이런 불상과 소박한 탑들이 여러 개 있다. 돌에 새겨진 불상과 장식이라고는 없는 탑들 사이 대웅전 금동 불상은 전혀 어울리지 않았다.

운주사에는 돌에 새겨진 부처님의 은은한 미소는 자신이 거북이라며 웃던 회원의 미소와 닮아 있지만 어울릴 수 없는 금동 불상도 있다. 어울림이란 서로 조화로운 것이다. 돌로 이루어진 산, 불상과 탑을 만들었을 석공, 그리고 그 앞에서 손을 모으고 기도했을 사람, 지금도 조심스럽게 돌 하나 주워 작은 탑을 쌓는 사람들이 어우러진 운주사에서 어우러짐에 대해 생각해 본다.

기도 덕분에

엄마 생신이다. 올해가 몇 번째 생신인지 머리로 계산하다가 아예 손가락까지 꼽아 본다. 엄마의 손자는 이제 여섯 살이 되었다며 자랑스럽게 소리치고 나는 의식적으로 나이를 잊는다. 잊은 척한다. 엄마의 나이처럼 내 나이도 계산이 되지 않는다.

어떤 선물이 좋을까 생각하다, 자식들이 자리를 잡고 선물한 것은 아까워 고이 장롱에 모셔 둔 반지와 목걸이 두 개가 전부인 엄마가 떠올랐다. 친척이나 동네 누구네 결혼식이 있어야 햇빛을 보는 금붙이도 그 자리가 어색한지 왠지 어우러지지 않는다. 익숙하지 못함이 금방 드러난다.

엄마 마음에 드는 걸로 고르시게 올케랑 셋이서 금은방에 갔다. 엄마는 "이런 비싼 걸 뭐 하려고, 집에 있는 것도 안 끼는데." 하며 손사래를 친다. 가게 사장님은 어르신들 팔찌는 일고여덟 돈 돼야 괜찮아 보인다 하고 나는 괜히 팔찌를 고르자 했나, 반지로 할걸, 일고여덟 돈이면 얼마인지 머리로 계산기를 두드린다. 그사이 올케는 엄마 옆에 앉아서 팔찌 고리를 걸어 주고 있다. “우리 어머님 보기보다 통뻐예요.”, “어머님 이게 잘 어울리세요.”라며 다정하게 말을 건넨다. 거리를 걸을 때는 허리와 다리가 불편한 엄마의 팔을 잡고 걷는다. 무뚝뚝하고 싹싹하지 못한 딸은 엄마와 걸으면 자연스럽게 멀어진다. 같이 걷다가 조금씩 거리가 생기고 뒤돌아보면 엄마는 급히 따라오시곤 했다. 일하는 며느리라 번듯한 생일상은 못 받는 엄마지만 애정 가득한 말과 행동이 그 어떤 진수성찬보다 낫다.

며느리이기에 어쩔 수 없이 하는 게 아니라 진심과 따뜻함이 그대로 느껴진다. 올케의 모습에서 나를 돌아본다. 나도 한때는 누구의 며느리로 할 도리는 다했는데 좋은 소리는 듣지 못했을까. 사 형제 중 막내며느리라 어쩔 수 없이 해야 했고, 하면서도 ‘왜 나만 해야 돼.’라는 마음을 늘 가지고 있었다. 그런 마음이 하는 사람도 받는 사람도 그걸 보는 사람도 다 힘들게 한 것 같다.

자식에게 마음밖에 줄 게 없다며 기도하는 엄마. 그 기도 덕분에 내가 있고 그 기도 덕분에 엄마의 마음을 잘 읽을 줄 아는 며느리가 있다. 손목에서 반짝이는 팔찌보다 마음이 반짝이는 사람. 많이 늦었지만 엄마의 기도발이 먹히고 있는 중이다.

양은 냄비

라면이라도 끓여 먹으려면 양은 냄비가 꼭 필요하다며 며칠 전 남편이 양은 냄비를 사 들고 왔다. 남자들은 라면 하면 양은 냄비가 자동으로 생각나나 보다. 대형마트에서도 라면과 양은 냄비를 묶어 두고 고객들을 유혹한다. 아들의 자취 살림에도 양은 냄비는 필수품이다. 큰 것, 작은 것, 똑같이 작은 것 이렇게 세 개나 있었다. 알루미늄으로 만들어진 것이라 몸에 좋지 않다는 걸 알면서도 사람들은 추억과 그리움을 찾아 양은 냄비를 찾는 게 아닐까. 나는 양은 냄비를 내가 산 기억은 한 번도 없다. 과수원집 아이들이 사과를 좋아하지 않는 것처럼.

1970년대에는 양은으로 된 그릇과 음식과 관련된 기구(냄비, 찜통, 찜기, 주전자 등)가 서민의 살림살이였다. 장작불 대신 연탄불로 바뀌면서 화력이 약한 연탄불의 단점을 보완하기 위해 열전도율이 높은 양은으로 된 식기가 만들어졌단다. 지금도 친정에는 양은으로 된 찜기와 찜통, 커다란 대야가 엄마의 살림이다. 양은으로 된 찜기는 내가 자취할 때는 찬장 대신 사용되기도 했고 가난한 자취 살림에 곤로 위에는 아마 양은 냄비가 있었겠지. 냄비밥을 한 기억이 있다.

나의 아버지는 등짐장수였다. 아버지가 파는 품목은 양은으로 된 그릇과 식기였다. 아버지의 젊은 시절을 유추해 보면 산골짜기에 살던 아버지는 결혼 후 분가하여 남의 집 아래채에서 신혼살림을 차렸다. 젊은 부부는 형님과 함께 농사를 지었지만 형님네 가족도 녹록지 않은 살림이고 자신 앞으로 된 땅 한 뙈기 없는 골짜기를 떠났다. 첫아이가 태어난 지 다섯 달 만이다. 그들이 찾아간 곳은 부산에서 그래도 잘나간다는 친척의 그늘이었다. 그 친척은 양은으로 식기를 만드는 공장을 했고 아버지는 그렇게 만들어진 양은 식기들을 부산이 아닌 곳에서 팔기 시작했다. 내가 기억하는 아버지는 보름에 한 번 집에 들어오면 초록색 전대를 방바닥에 내려놓았다. 보름 동안 아버지가 벌어온 돈. 전대는 제법 두둑했다. 그렇게 보름은 일하고 보름 정도는 집에서 쉬다가 돈이 떨어지면 또 집을 나섰다. 매일 하는 출근도 힘들지만, 보름 동안 쉬다가 다시 일을 시작하려면 마음먹기가 참 힘들었을 것 같다. 아마 내가 알고 있는 아버지는 이런 생활을 십여 년 동안 하셨다. 여러 이유가 있겠지만 홀로 계시게 된 장모님 안위가 걱정되어 다시 농부가 되었고 지금도 농부이시다.

가장의 무게와 함께한 양은 냄비는 가볍지만, 아버지에게는 아마도 무겁게 느껴졌을 것이다. 어디라도 만만한 데는 없겠지만 물려받은 재산 하나 없고 많이 배우지도 못한 아버지는 오롯이 몸 하나가 전 재산이었다. 가끔, 아니 자주 다른 집 아버지와 비교할 때도 많았다. 하지만 산골에 살던 아버지가 배를 타고 멀미를 하면서 돈이 된다는 섬으로 다니는 게 얼마나 힘든 일이었을지. 고통스럽고 참기 힘들어도 아버지이기에 가능했으리라. 한세월 가난과 힘겨루기하며 견뎌 낸 시간에 양은 냄비가 함께했다. 양은 냄비를 볼 때마다 아버지의 그 시절이 떠오른다.

어허, 그래서 어째요

"냉이 많이 캐 놓았는데……."

"호박 약 해 먹으면 좋단다. 집에 호박 여러 개 있는데……."

엄마의 전화는 매번 이렇습니다. 집에 다녀가라고 먼저 말하지 않고 무엇이 필요하다고 말하지 않아요. 자식에게 부담 주지 않으려는 엄마의 배려입니다. 그런데 오늘의 전화는 그렇지 않았어요. 두 분만 사는 집이라 친정을 방문할 때는 군것질거리나 냉장고를 채울 만한 것을 들고 가지만 가끔은 치킨을 사서 갑니다. 반반 치킨을 찾아 집으로 향하는 도중에 전화가 옵니다. "야이, 오려면 간식거리 좀 사 가지고 온나. 마을회관에 앉아 놀고 있으면 금순네 딸은 딸기를 밀어 놓고 가고, 연희네 딸은 떡을 사 왔던데, 매번 얻어먹기만 해서……." 이렇게 먼저 말하는 엄마가 아닌데 많이 부러우셨나 봅니다.

마을회관 간식은 다음 기회로 미루고 셋이 작은 상을 펴 고소한 냄새 가득한 치킨을 먹습니다. 아버지가 내려놓은 뼈는 살점 하나 붙지 않게 싹 발라져 있습니다. 아버지의 오랜 습관이지요. 밥공기에 밥 한 알도 붙지 않게 정성스럽게 드십니다. 쌀 한 톨도 아끼는 몸에 밴 습관이 보이지 않는 아버지의 힘이겠지요. 밥풀 하나 남기지 말라는 강요 아닌 강요를 하실 때는 '왜 저렇게 살까?' 하며 속으로 궁시렁거리기도 했답니다.

사람에게는 다섯 가지 감각기능이 있다지요. 시각, 청각, 후각, 미각, 통각, 어느 것 하나라도 떨어진다며 삶의 질은 확연히 낮아집니다. 엄마는 상대방 말을 다 알아듣고 있다는 듯 고개를 끄덕이는 버릇이 생겼어요. 아버지와 엄마는 요즘 청력이 좋지 않습니다. 엄마는 보청기를 하고 아버지는 아직 기계에 의지하지 않지만 작년부터 청력이 뚝 떨어졌지요. 아버지가 치킨을 먹다 말고 턱관절을 문지르려 "어제 마른오징어를 씹었더니 여기가 좀 아프네." 합니다. 나는 그냥 듣고만 있는데 엄마는 "어허, 그래서 어째요. 많이 아프겠구먼." 합니다. 신기하게도 자식들이 내는 소리는 종종 못 알아듣는데 아버지의 말은 잘 알아듣습니다. 너무 잘 들리는 딸은 아무렇지도 않게 흘려듣고 보청기를 끼고 듣는 엄마는 공감을 합니다. 공감은 청력과 아무 상관이 없는 관심과 애정입니다.

어느 광고에 '엄마, 나는 엄마 나이가 되면 엄마보다 잘할 수 있을 거라 생각했는데 쉽지 않네.'라는 대사가 있습니다. 더 잘할 수 없음을 절실히 느끼지요. 더 잘하다니요. 아니 십분의 일도 따라가지 못합니다. 엄마에게는 세상을 바라보는 애정 어린 시선과 절대적인 사랑이 있습니다. 나에게는 너무 부족한 것들입니다. 굳이 이유를 대자면 나는 이기적인 사람입니다. 상대의 말에 공감을 해 주면 내가 나서서 해야 하는 성가심을 먼저 생각합니다. 좋은 청력을 가져도 잘 듣지 않으면 무슨 소용이 있을까요. 청력보다 더 중요한 것이 공감 능력인 것 같아요. 마음의 소리를 잘 들어주는 것, 육십여 년을 함께한 남편의 한마디 한마디에 정성스럽게 공감해 주는 사람이 있습니다. 그녀에게 배우고 싶은 말 "어허, 그래서 어째요."

고상하네

아침부터 엄마 전화다. 연세 든 부모님의 아침 전화는 가슴을 철렁이게 한다. 밤새 무슨 일이 생긴 걸까. 누가 아프기라도 한 걸까. 아니나 다를까 엄마는 아버지가 아프다는 말을 꺼낸다. "야이, 너거 아버지가 며칠 전부터 어지럽다 하고 밥도 잘 못 먹는데 병원을 안 갈라칸다." 차가 있는 친척에게 부탁도 못 하게 하고 택시도 못 부르게 했단다. 보건소에 증상을 이야기했더니 빨리 병원 가 보라 했다며 아프기 시작한 지 닷새 만에 전화를 한 것이다. 일단 보건소에서 알려 준 대로 이비인후과로 갔다. 청력이 급격히 떨어지거나 달팽이관 이상이 있을 때 어지럽단다. 어지럼증이 있으면 속도 불편해진다며 약을 처방해 주었다. 아버지는 "고상하네, 안 그랬는데 갑자기 그러네." 하며 약을 드셨다. 약효로 어지럼증은 나아졌지만 나빠진 청력은 어쩔 수 없다. 두 분 청력이 약해져 걱정이다. 그래도 두 분이 함께 계셔서 정말 다행이다.

사람들은 누구나 자주 쓰는 말이 있다. 아버지는 '고상하네'라는 말을 자주 한다. 고상하다는 말은 품위가 있고 수준이 높다는 뜻이다. 아마 아버지는 이상하다는 말을 고상하다로 표현하는 것 같다. 처음으로 차를 몰고 집에 도착하니 아버지는 "고상하네, 겁 많은 네가 어떻게 운전을 다 할꼬." 하셨다. 이때 나는 '고상하네'가 '이상하다'로 들리지 않고 '대견하네, 대단하네, 장하다'로 들렸다. 아버지의 최고의 칭찬이다. 또 아버지가 잘 쓰는 말로 '싫어', '돈이 어디 있어'가 있다. 부정의 단어들이다. 엄마가 밥을 먹다가 아버지에게 "밥 좀 더 자시." 하면 단번에 '싫어'로 응수한다. '괜찮아' 이렇게 말하면 안 되나 하며 속으로 투덜거렸다. 아버지에게 감히 말로 표현할 수 없었다. 삶이 팍팍하고 힘들기에 자주 쓰는 말이 된 단어 '돈이 어디 있어'는 지금도 가슴이 아리다.

이제 '돈이 어디 있어'라는 말은 아버지가 자주 쓰는 말이 아니다. 대신 갑자기 불쑥 찾아온 자손들을 보면 "어~ 어."라며 반가움을 표시한다. 생각지도 않았는데 와서 좋다는 뜻이다. '이상하네'를 '고상하네'라고 말하는 아버지, '어~ 어' 하며 반가움을 표시하는 아버지가 나이 들면서 점점 귀여우시다. 한층 고상해지는 아버지의 '고상하네'라는 말, 참 고상한 말이다.

내가 자주 쓰는 말은 어떤 게 있을까 궁금해졌는데 퍼뜩 떠오르지 않는다. 아마 자주 쓰는 말은 하는 사람보다 듣는 사람이 더 잘 알 것 같다. 내가 의식하지 않은 상태로 튀어나오는 말이 좋은 단어, 긍정적인 말이면 좋겠다. 지금이라도 고상한 단어, 고상한 말 한마디 입에 붙여야겠다.

시간은 순간을 살아 낸 삶이다

미하엘 엔데의 《모모》를 읽으면서 중학교 2학년 즈음 한창 유행하던 《모모》라는 노래가 자연스럽게 떠오른다.

겨울방학에 친구 오빠가 하는 과외를 했다. 몇 명이 함께하는 그룹 과외다. 과외의 주선자이자 과외 샘의 동생이기도 한 친구의 이름은 동희다. 과외 장소는 동희네 집이다. 이층으로 올라가는 계단을 오르면 음악 소리가 들렸다. 그해 대학가요제 수상곡인 이 노래가 항상 들려왔고 우리는 무슨 뜻인지 모르면서 따라 부르곤 했었다. 추억의 노래가 지금 읽고 있는 《모모》에서 나온 가사가 아닐까 하고 검색해 본다. 안타깝게도 이 노래는 에밀 아자르 《자기 앞의 생》 주인공 모모란다.

미하엘 엔데의 《모모》는 시간에 대하여 이야기한다. 공기처럼 시간이란 눈에 보이는 것이 아니다. 우리는 찰나의 순간을 산다. 그 찰나의 순간이 현재지만 현재라고 말할 수 있는 시간은 아마 없지 않을까. 미래의 시간이 현재 찰나로 와 과거가 되어 버린다. 시간은 진짜 주인의 시간일 때만 살아 있는 시간이 된다. 이 귀중한 시간을 나는 무엇을 하며 보내는지 돌아보게 하는 책이다. 과거가 되어 버린 시간 속에 기억과 추억이 있다. 기억과 추억은 어떻게 다른가?

우리는 어떤 사건이나 사람을 기억한다. 짧게 기억하는 순간은 셀 수도 없겠지. 하지만 깊숙한 어떤 곳에 숨겨진 기억은 툭 던져진 돌멩이에 별안간 생생하게 일어난다.

외갓집이란 단어에 일어난 외할머니에 대한 기억. 참 오랜 세월 잊고 살았다. 할매와 함께 지낸 시간은 아마 십 년 정도이다. 어릴 때부터 함께하지 않았고 시골로 이사 오며 함께하게 되었다. 중학교 삼 학년 사춘기 나이에 할머니의 모든 이야기는 잔소리로만 들렸다. 할머니는 나를 '종식'이라 불렀다. 마음에 들지 않는 이름인데 남자 이름으로 부르다니. 할매가 나를 부를 때마다 툴툴거리기만 하는 손녀를 어찌 참아 내셨을꼬. 이제 나도 나이가 들어 할머니를 같은 여자로서 이해하게 되고 살아 냈던 그 시간들이 참 대단하게 느껴진다.

어린 나는 '엄마와 이모는 왜 성이 다르지, 우리 엄마는 이모랑 전혀 닮지 않았네. 생각만 했지 왜 그런지 몰랐다. 나중에 보니 할머니가 자식 셋을 데리고 재가하신 거였다. 그 시대에는 남자의 그늘 아니면 여자 혼자 경제적으로 독립할 수 없는 때다. 그렇게 재가를 하고 아들이 필요한 집에 아들을 낳아야 하는데 또 딸을 낳았고 그 딸이 우리 엄마다. 그래서 성이 다른 이

모가 셋이다. 할머니는 아들을 못 낳은 게 제일 큰 죄였다. 아들을 낳기 위해 아들을 잘 낳았다는 집으로 이사까지 했다니. 재가를 하고도 데리고 온 자식과 함께하는 삶이 행복했을까. 결혼한 딸네 식구들과 함께 생활했다. 처음에는 이모네 식구들과, 나중에는 우리 식구들과 함께하는 생활은 사위와 함께하는 생활이다. 생각만 해도 절로 고개가 흔들린다. 하루 이틀도 아니고 수년간 눈치 아닌 눈치를 보며 사셨겠지. 할매는 변변한 무덤이 없다. 스스로 화장을 원했고 물 따라서 가고 싶다 했다.

게으른 손녀에게 종종 "너 이러다가 시집가면 소박맞는다."라는 말로 나를 은근히 협박하기도 했지. 할머니에게 소박은 가장 큰 일이었으니까. 할매 하면 떠오르는 것은 베이지색 비로도 한복을 입고 내가 자취하는 곳을 찾았다가 곤로에서 나온 거우름이 잔뜩 묻었는데 좁은 자취방에 사는 나를 너무 안쓰러워하던 얼굴, 결혼을 앞두고 집에 인사 온 손자사윗감을 버선발로 뛰어나와 반겨 주던 모습, 손자사윗감이 어떤지 슬며시 그가 사는 동네에 찾아가 염탐하고 온 일이 생각난다.

할머니에게 가끔 동네의 아주머니들이 찾아오곤 했다. 집안에 걱정거리나 누가 아프기라도 하면 찾아온다. 할머니는 소반에 쌀에 든 그릇과 물 한 사발을 들고 이런저런 이야기를 들어주다가 '양밥'을 먹인다는 의식을 하곤 했다. 평소에는 손녀에게 잔소리를 하는 할매지만 동네 아주머니들 고민을 풀어 주는 영험한 존재였다. 남의 고민은 어떻게든 풀어 주지만 정작 할머니의 응어리진 삶의 문제는 모두 껴안은 채 삭이고 또 삭인 삶을 살다 가셨다.

'할매! 결혼 생활이 쉬울 리 없지만 소박 안 맞고 아들 둘 낳고 잘 살고 있으니깐 내 걱정 안 해도 된다.' 종식이라 불리던 그 시절이 어제 같은데 할매의 삶을 진작 알았더라면 조금은 사근사근한 손녀 노릇을 하지 않았을까 하는 후회 아닌 후회를 한다. 나갔다 들어오면 누구보다 먼저 반겨 주고 차가운 손 아랫목으로 끌어 주던 할매, 엄마와는 다른 따뜻함으로 내 안 깊숙이 자리하고 있다.

시간은 순간을 살아 낸 삶이다. 찰나 같은 현재는 순식간에 과거가 되기에 순간순간 내가 원하는 시간을 보내면 시간의 아름다운 파편이 될 것이다. 기억과 추억은 어쩌면 같은 자리에서 공존하는 게 아닐까. 기억의 조각조각들이 하나의 영상으로 재생된다면 그건 추억이 될 것 같다. 외갓집이라는 단어에 기억의 여러 조각들이 툭툭 올라온다. 그 기억들을 따라가다 보니 그때가 아름다웠던 추억으로 되새김질되는 신기한 시간을 가져 보았다.

버리지 못하고

"이제 이거 그만 버려요."

집에 모여 식사를 하며 아이 친구 엄마가 한 말이다.

"버려야지 하면서도 자꾸 쓰게 되네."

작은아이가 유치원 다닐 적 들은 말인데 아직도 버리지 못하고 수저통에 꽂혀 있다. 가깝게 지내는 이웃이라 말할 수 있었겠지. 그것은 세월의 손때로 색이 바랬고 깊게 파인 홈에는 수세미로 닦아도 지워지지 않는 것들이 본래 자신의 것인 양 함께하고 있는 국자다. 남편이 한참 늦은 대학 생활을 시작하고 자취 살림으로 장만한 도구이다. 혼자 살기에 적당한 작은 국자와 함께한 세월이 벌써 강산이 몇 번쯤 변했지만 버리지 못하고 나는 아직도 애용하고 있다. 아마 익숙함과 편안함에 자꾸 손이 가는 듯하다. 주걱은 항상 똑같은 것만 펐지만 국자는 우리 식구들의 상황과 건강상태와 함께했다. 가난한 고학생인 남편은 양은 냄비에 끓인 라면을 국자로 퍼 배고픔을 달랬을 것이다. 큰아이 낳았을 때 엄마는 빡빡하게 끓인 미역국을 하루에 다섯 번이나 펴 주었다. 시어머님을 모시고 사는 동안 국물 없이는 식사를 못 하셔서 수없이 끓여 댄 국을 펴 날랐다. 자주 장앓이 하는 남편에게는 죽을 펴 주고 아이들이 좋아하던 카레라이스, 자장을 담아 주던 작고 소중한 국자이다.

지금은 큰 거, 작은 거 다양하게 있지만 내 손은 먼저 이것을 잡는다. 본래 색이 어떠했는지 알 수 없게 까만색으로 변했고 사용 빈도만큼이나 반질반질하다. 국자가 우리 집에 와서 우리와 함께하는 동안 우리도 국자처럼 변했다. 목소리만 들어도 가슴이 뛰던 사람은 수저통에 꽂혀 있는 국자처럼 항상 거기 그 자리에 있는 존재로 느껴진다. 보기만 해도, 목소리 듣기만 해도 가슴이 뛴다면 함께 살 수 없겠다는 생각도 든다. 우리는 그렇게 무덤덤해지고 함께한 추억과 기억으로 하나가 되어 있다.

얼마 전 남원에 간 적 있다. 남원에서 보이는 지리산이 얼마나 반갑고 가슴이 설렜는지. 지리산은 신혼여행지였다. 남편 산악부 후배 두 명과 함께한 산행, 후배들은 먼저 출발하고 어느 지점에 가면 텐트를 쳐 두고 코펠에 밥을 하고 있었다. 이런 추억을 가진 사람이 있을까, 세석 산장은 양쪽으로 나뉘어 남자, 여자 구분하여 잠을 자게 해 두었는데 신혼여행이라며 사정사정하여 함께했던 일도 생각난다. 어쩌면 우리는 추억을 만들고 추억을 기억하며 지금 생을 함께하고 있는 것 같다. 가끔 나는 연애 기간이 긴 것에 감사한다, 연애 기간에 쌓인 추억거리가 힘든 결혼 생활을 버티게 하는 에너지가 되어 준다. 우리의 생은 오랫동안 기억에 남을 추억을 만들기 위해 사는 게 아닐까 생각하며 우리의 작은 추억이 되고 기억이 된 작은 살림살이가 더없이 소중한 날이다. 깨지거나 구멍이 나서 국자로서 역할을 하지 못해도 아마 버리지 못할 것 같다. 추억이 함께하기에.

지퍼 달기

요즈음 프랑스자수를 배우고 있다. 시간이 많이 걸리지만 내 손끝에서 장미가 피어났다. 수놓은 천에 지퍼를 달면 가방이 되겠지. 눈대중으로 달았는데 지퍼가 잠기질 않는다. 시침질이나 시침핀으로 고정하지 않고 대충했기 때문이다. 손대다 보니 덕지덕지 바느질 자국에 누더기가 따로 없다. 어쩔 수 없이 따개로 지퍼 달기 전 상태로 돌려야 했고 잘린 실들과 천에는 바늘 자국과 따개로 따다 긁힌 상처들이 남아 있다.

처음부터 순서대로 차근차근하면 이러지 않아도 될 텐데 하는 후회가 밀려온다. 사람들은 나에게 대충 하는 것 같은데 잘한다는 소리를 종종 한다. 나는 그 말을 은근히 즐기고 있다. 철저하게 준비하지 않고 대충 하여도 할 수 있다는 믿음과 그 후 잘했다는 평가에 기쁨을 느끼고 있는지도 모르겠다. 그런 타인들의 평가가 어떤 때는 맞고 어떤 때는 틀려도 나는 대충 하는 게 습관이 되었다. 왜 대충대충이 습관이 되었을까.

타고난 게으름 때문이다. 어릴 때 엄마는 이런 이야기를 자주 들려주었다. "옛날에 어떤 사람이 있었는데 어느 날 그 집 엄마가 멀리 갈 일이 생겨서 떡을 주렁주렁 줄에다 엮어서 목걸이로 만들어 걸어 주고 떠났는데 갔다 오니 그 사람이 죽어 있었대." 게을러서 목에 걸린 떡도 먹지 못했다며 웃으면서 이야기를 해주었다. 이야기로 하고 싶은 말을 하신 거다. 게으름. 아직까지도 나와 함께하고 있다. 타고난 것이라고 바꾸어야지 생각한 적이 없다. 굳이 각을 세우고 철저하게 몸을 움직이고 싶지도 않다. 자신이 정한 규칙 때문에 집안일을 다 하지 않으면 외출하지 못하는 사람을 볼 때면 갑갑하기도 하다. 나는 내가 좋아하는 일을 하며 다른 일들은 모두 다 대충이다. 엎드려서 책 보기는 다른 사람이 볼 때 게으름의 절정이겠지.

대충주의가 습관이 된 이유를 또 들자면 아버지의 습관들이 나에게 반대로 온 것이 아닐까 하는 생각도 든다. 아버지는 지금도 몇 십 년이 지난 것들을 버리지 않고 아버지 나름의 지정된 장소에 꼼꼼하게 저장하고 있다. 개를 키우지 않은 지 오래되었는데 아직도 개 목줄이 처마 밑에 여러 개 걸려 있다. 손톱깎이는 손톱깎이 자리에 철사 한 조각도 그 자리에 있지 않으면 그날은 난리가 났다. 그런 날이며 어린 나는 '대충 좀 살지.' 하는 마음이 들었다.

지퍼를 떼어 내고 먼저 시침질을 한다. 시침질을 하고 지퍼를 움직여 본다. 홈이 맞물려 잘 잠겼다. 이제 꼼꼼하게 바느질

하면 완성이다. 대충 했는데 잘 맞았다면 나는 또 우쭐했을지도 모른다. 지퍼를 대충 단 시간이 나를 돌아보는 시간을 가져다주었다. 내 습관이 된 대충주의와 무관심은 어쩌면 한 세트이다. 나와 함께하는 시간이나 사물, 사람들에게 관심이 있다면 대충이란 없을 것인데 말이다. 나에게 지금 절대적으로 필요한 것은 세상을 향한 애정 어린 눈빛이 아닐까 한다.

오늘도 괴롭히는 도시락

영화를 한 편 보았다. 일본 영화인데 제목이 무슨 내용일까 궁금증을 자아낸다. 〈오늘도 괴롭히는 도시락〉이다. 딸과 엄마의 이야기다. 딸은 사춘기다. 바로 앞에 엄마가 있어도 휴대폰 메시지로 의사 표현을 한다. 그리고 엄마의 말에 "짜증 나!"로 답한다. 딸의 태도를 고치기 위해 엄마는 캐릭터 모양과 메시지로 도시락을 싼다. 전하고 싶은 말을 글로 쓰고 그것을 김 위에 올려 칼로 정성스럽게 잘라야 글씨가 된다. 엄마는 이 도시락을 위해 새벽부터 일어나 준비하지만, 딸은 도시락 뚜껑을 열 때마다 괴로워한다. 이렇게 마음을 전하는 도시락을 삼 년 동안 하루도 빠뜨리지 않고 싼 영화 속 엄마. 마지막 도시락은 괴롭히는 도시락을 잘 참고 먹어 준 딸에게 고맙다며 엄마가 써 내려간 착한 딸 표창장이었다.

지금 도시락은 먼 옛날의 이야기가 되어 버렸다. 아이들은 학교에서 급식을 하고 소풍이나 운동회 날도 도시락은 볼 수 없다. 도시락은 엄마와 자식 간의 대화이고 사랑을 확인할 수 있는 도구였다. 엄마 시대에는 자식들의 도시락은 큰 부담이었으리라. 없는 살림에 변변한 반찬 없이 싸야 하는 도시락. 그래도 밥이라도 배불리 먹으라고 밥의 양은 엄청 많았다. 지금 생각해 보면 모든 것이 귀하던 시절. 나는 긴 타원형의 양은 도시락에 매번 콩자반이나 김치가 반찬이었다. 지금처럼 락앤락 통도 없고 비닐 지퍼 백도 없어 도시락 한편은 밥과 반찬이 뒤섞이기 일쑤였고 흘러나온 김칫국물은 책과 노트를 적셨다. 시큼한 냄새는 가방에 배어 가방을 열 때마다 나서 정말이지 오늘도 괴로운 도시락이었다. 나는 친구가 김치를 병에 담아 오는 게 부러웠다. 지금에야 별것이 다 부럽네 할 수도 있지만 말이다.

아이들을 키울 때는 학교에서 급식을 했고 견학이나 소풍, 운동회 날만 특별히 도시락을 싸 주었다. 보기에는 쉬운 김밥이지만 재료 준비가 만만치 않다. 밥하고 김밥 싸는 게 평소 밥하는 것보다 두어 시간은 더 걸렸다. 그래도 도시락에 예쁘게 김밥을 싸 주고 아이들은 엄마표 김밥을 잘 먹었다며 빈 도시락을 갖다 줄 때 행복했던 기억이 난다.

'나 때는'으로 시작하는 말을 하면 꼰대라고 한다. 하지만 그 '나 때'가 있었기에 지금이 있다. '나 때'가 힘들었지만 지나고 나니 추억이고 그리움이다. 한편으로 '나 때'는 이러면서 이야기할 거리가 많다는 게 좋기도 하다. 요즘 아이들은 부모와 어떻게 교감할까.

그곳, 그 시절 기억

나는 부산을 바다 냄새로 기억한다. 부산역에 도착하면 바다 냄새를 힘껏 들이마신다. '음' 하면 바다 냄새가 온몸에 퍼진다. 엉덩이 톡톡 치며 잠들어 있는 기억을 깨우는 것 같다. 어떤 냄새를 기억하고 있다는 건 그리움이 있다는 말이다.

내가 기억하는 부산역, 내가 정겹게 여겼던 부산역은 역 앞도 참 많이 변했고 역사 건물도 바뀌었다. 세련된 건물 때문일까. 바다 냄새가 진하게 나지 않는 것 같아 더 힘껏 들이마시게 된다. 산꼭대기까지 집이 다닥다닥 들어차 있는 부산. 새 건물이 빠르게 도시를 바꾸지만 산복도로 주변 집들과 매립지 위에 지어진 하꼬방은 오래된 흑백영화의 한 장면처럼 내 마음에 자리하고 있는 부산이다.

내가 기억하는 어린 시절은 하꼬방에 있다. 하꼬방은 상자를 뜻하는 일본어 하꼬와 방이 결합된 단어다. 부산으로 내려온 피난민들이 지은 작은 칸막이 판잣집. 내가 살던 부산시 부산진구 범일동 하꼬방은 세 집이 나란히 붙어 있었다. 아버지는 어쩌다

이 하꼬방을 샀는지, 엄마는 언제 철거될지 모르는 하꼬방을 산 아버지를 자주 원망하곤 했다. 돈벌이가 좀 되었을 때 젊은 아버지는 고향에 있는 형님에게 소 한 마리를 사 주었단다. 그 사건은 엄마에게 평생의 한으로 남아 있다. 그때 소 대신 하꼬방이 아닌 번듯한 집, 문서화된 집을 샀더라면 우리는 부산을 떠나지 않고 살고 있었을까.

초등학교 2학년부터 중학교 2학년까지 육 년을 산 그 집이 내 어린 시절 기억의 대부분을 차지한다. 옆집과 딱 붙은 문을 열고 들어가면 부엌인데 커다란 물 항아리 두 개가 있다. 옆집에는 수도가 있었고 아마 세 집이 수도 하나를 함께 사용한 것 같다. 부엌과 방이 연결된 작은 마루가 있었고 나에겐 거기 누워 밥하는 엄마랑 도란도란 이야기를 나누며 시간을 보냈던 기억이 남아 있다. 이 집에는 뒤란이 있었지. 하꼬방의 뒤란이라 해봤자 하꼬방 주위를 둘러싼 아주 작은 공간이지만 세 하꼬방 중 우리 집만 가질 수 있는 유일한 혜택이다. 옆 건물과 우리 집 사이 공간. 여기는 엄마가 잘 사용하지 않는 물건을 두어 햇볕이 들지 않아 습하고 벌레도 많았지만 잠시 숨을 돌리고 마음도 돌렸던 안식처 같은 곳이었다.

아버지가 한보름 일을 마치고 용달차를 세우고 고가도로 위에 짐을 부려 놓고 가면 나는 반갑기도 하고 불안했던 기억이 난다, 빨래 널 곳이 없어 동네 공터에 앞집, 옆집 옷가지가 함께

했고 아버지의 바지가 빨랫줄에서 사라진 날 엄마에게 화를 내던 아버지와 엎드린 채 아침 첫 담배를 피우며 엄마와 두런두런 이야기를 나누던 아버지의 모습이 함께한다.

몇 년 전 부모님과 같이 부산에 간 적이 있다. 딱히 그곳을 가려고 간 것은 아니지만 "거기 한번 가 볼까요?" 했더니 아버지는 "그래 한번 가 보자." 하고 엄마는 "거기 뭐 하러 가, 보기 싫구먼!" 한다. 그렇게 마주한 그곳은 시간이 멈추어 있었다. 그곳에 살 때 철거된다는 말에 가슴이 철렁거리곤 했는데 철거되지 않고 여전히 세 집이 딱 붙은 하꼬방으로 그 시절 그대로 그 자리에 있었다. 빨랫줄이 되고 동네 아이들 놀이터가 되었던 공터와 골목길이 이렇게 좁았나 싶었고 곰장어 냄새로 기억되는 시장이 아주 가까운 거리에 있다는 게 신기했다.

그곳, 그 시절 기억들이 그대로 남아 있는 곳이 있다는 것이 고맙게 느껴진다. 굳이 기억하고 싶지 않은 기억마저도 어제 일처럼 떠오르게 하는 곳이 그대로 있는 곳. 그곳에 나의 옛집 하꼬방이 있다. '재첩국 사이소!' 외치는 소리와 함께 들려오던 종소리, 곳곳에 타이어가 던져져 있는 지붕, 가슴 끝까지 들이마시고 싶은 바다 냄새가 있는 나의 추억 저장소가 있다. 부산에 가면.

내 인생 후회되는 한 가지

사춘기를 느낄 여유도 없이 친척 집 방 하나를 겨우 얻어 지낸 고등학교 삼 년은 내 인생에서 기억하고 싶은 않은 시간이다. 공납금 내라고 학교에서 많이 혼났지 싶은데도 달라고 떼쓰지 않았다며 가끔 엄마는 나에게 무던한 딸이라는 타이틀을 씌워 준다.

한 번씩 자취하는 딸의 방을 찾으면 밥은 해 먹기나 한 건지 부엌살림은 말갛고 연탄불이 들지 않는 방에는 스펀지 요 하나, 라디오 하나가 살림의 전부인 딸의 방을 보고 울며 돌아갔다는 엄마는 무던한 딸이기에 더 가슴이 아려 왔겠지.

도시의 삶이 녹록지 않아 친정인 상주로 들어와 처음으로 지은 농사가 추수하니 쌀이 열여섯 가마니라도 여섯 식구 밥 먹기 힘든데 나락이 열여섯 가마니였단다. 지나간 것은 모두 아름답게 느껴진다고 하지만 자취하던 그 동네를 어쩌다 지나게 되면 무던한 척했던 아픔이 스멀스멀 기어 나온다. 다행히 학교를 졸업하기 전 취업이 되고 내가 집에 보탬이 되어야지 하는 생각이 당연히 먼저였다. 직장 생활을 같이 시작한 스무 살 동기들은 탈의실이나 화장실에서 가끔 눈물을 보이면서도 좀 더 나은 미래를 꿈꾸곤 했었다. 학교 다닐 때는 한 번도 고민한 적 없는 대학이라는 곳을 꿈꾸기도 하면서. 직장 생활 일 년만 하고 대학 갈 거라고 말하는 정희, 뚜렷한 소신을 가진 단단함이 나는 그저 부럽기만 했다. 일 년 후 정말로 그녀는 대학생이 되었고 나는 남동생과 함께 생활하게 되었다.

대구에 있는 고등학교에 동생은 입학을 하고 등록금은 집에서 보내 주지만 모든 생활비는 내가 책임져야 했다. 사실 누가 그렇게 하라고 등 떠밀지 않았지만 자연스럽게 동생 뒷바라지하는 누나가 된 것이다. 그렇게 시작된 동생과의 자취는 그가 입대할 때까지 오 년을 함께 했다. 직장 생활하는 사람들은 누구나 가슴에 사직서를 품고 생활한다고 한다. 하루에 몇 번씩 회사를 그만두고 싶은 마음이 들면 공무원 시험공부를 해야겠다고 마음먹었지만 두 가지를 병행한다는 게 쉽지 않았고 나에게 쓸 경제적 여유가 없었던 게 가장 큰 핑계이다. 여러 핑계로 실행에 옮기지 못한 것이 지금 가장 후회스럽다. 무엇이든 다 때가 있는데 그때를 놓친 것이다. 대구에서 학원에 등록하고 공부하는 게 쉬웠을 텐데 부지런하지 못하고 의지가 약한 내 탓을 하며 젊은 이십 대를 아무것도 이루어 놓은 것 없이 지낸 것이 후회된다. 이십 대에 해낸 것이 있다면 지금은 좀 더 다른 인생을 살지 않았을까. 몇 년 전 TV 프로에서 '그래 결심했어!'라고 외치던 장면이 생각난다. 두 갈래 길에 서서 외치던 선택.

인생은 선택의 연속이고 그 선택에 따르는 후회는 자연스러운 현상이다. 지금 나이가 되어 돌아보니 발판을 준비해야 할 때를 놓친 것이 자존감에 상처를 주기도 했고 어쩌면 열등감마저 가진 것 같다. 전문직을 가진 여성들이 결혼은 필수가 아니라 선택이라 말하며 자신이 하고 싶은 일을 하고 경쟁하기도 하며 당당한 자존감을 가진 그녀들이 아름답게 보인다. 삶에서 경제는 막강한 권력을 가지고 있음을 안다. 경제적으로 내가 자립할 수 없었던 것이 내 삶에서 가장 큰 후회이다.

지금의 나의 삶은 어떤 무엇을 해야 한다는 선택이 아니라 어떻게 사느냐의 선택이라고 생각한다. 순간순간 짧게 지나가는 행복감을 느껴야 한다. 촉각을 곤두세우지 않으면 놓쳐 버린다. 일 년 전 시작한 피아노 연습은 내게 행복감을 준다. 〈The Last Waltz〉라는 제목을 보고 어떤 음악인지 궁금해 인터넷을 찾아보니 영화 〈올드보이〉 OST이다. 그렇게 영화 〈올드보이〉로까지 확장되어 가는 것이 너무 즐겁다. 영화 전편에 배경음악으로 나오는 음악을 내가 칠 수 있다는 것과 내가 확장되어 가는 이 즐거움은 순간순간 짧게 지나가는 나의 행복감이다. 꿈을 꾼다는 것은 청춘이다. 누군가 지금 이 나이는 세 번째 스무 살이라 했다. 첫 번째 스무 살에 이루지 못한 꿈에 대한 미련을 털어 버리고 세 번째 스무 살에 나는 꿈을 꾼다. 나의 장례식 배경 음악은 목탁이나 염불 소리가 아닌 잔잔한 피아노곡이면 좋겠다. 그 아름다운 피아노 소리는 내가 연주한 것이다.

또, 다시

우리는 로망이라는 단어를 품고 산다. 티비 프로그램 속 자연인이 아니라 품격 있는 자연 속 힐링 하우스라 말하는 이도 있고 컨테이너라도 좋으니 흙을 밟고 텃밭을 가꾸는 것이라고 답하는 사람도 있다. 우리가 자주 사용하는 단어, 로망은 꿈이나 소망으로 해석되지만 원래 의미는 낭만주의에서 기인되었다 하니 낭만적인 꿈, 낭만이 있는 소망이 아닐까.

로망은 아마도 자신이 가질 수 없었던 결핍에서 꿈꾸게 된 소망이 아닐까. 가지고 싶지만 가질 수 없던 시절에 고이 담아 놓은 속앓이 같은 결핍의 흔적, 내 깊은 곳에 숨어 있던 로망은 피아노다. 이층집에 사는 친구는 피아노가 있었다. 문을 열면 하얀색 피아노가 눈앞에서 자태를 뽐내고 친구의 언니가 치는 피아노 소리는 골목길까지 내려왔다. 나와는 아주 다른 세계의 상징 같았던 피아노, 더 늦기 전에 가슴속에 고이 묻어 두었던 로망을 꺼냈다. 학원에 등록하고 피아노를 배운다. 로망이 현실이 되기 위해선 용기가 필요하다. 문을 열고 들어서면 되는데 그 문을 미는 게 이렇게 어려웠다니. 집을 방문하는 사람들이 한옥을 짓고 싶다 하면 로망은 로망일 뿐 절대 하지 마시라 말렸는데 지금은 생각이 달라졌다. 실패하고 힘이 들어도 로망은 용기를 내야 하는 자기실현인 것 같다.

이제 연습할 피아노가 필요하다. 여러 제품을 살펴보다 불현듯 떠오른 기억, 그동안 잊고 있던 누군가가 생각났다. 이럴 수가, 아이들 연습용으로 쓰라며 키보드를 주었던 미영 언니. 지금 사용하는 휴대폰에 저장되어 있지 않은 언니의 이름, 아! 이렇게 연락이 안 될 수 있구나. 갑자기 막막함이 몰려왔다. 휴대폰 번호가 연락할 수 있는 유일한 통로였다니. 갑자기 연락하고 싶어도 연락을 할 수 없다니 먹먹한 그리움이 몰려온다. 연락을 자주 했어야 했는데 후회는 언제나 한발 늦고 아무것도 할 수 없을 때 간절해지는 것은 기도뿐이다. 소식은 전할 수 없지만 어디서든 잘 지내시라 기도를 한다. 애절한 그리움이 기도가 된다.

인간관계를 잘 유지하기 위해서는 정성과 관리가 필요하다는 지인의 말이 생각났다. 지인은 먼저 안부를 물어 온다. "오늘 하늘이 예뻐요.", "가을이에요." 오지 않는 전화를 기다리기 전에 내가 먼저 전화기를 들어야 한다. 후회는 아쉬움 가득한 곁눈질일 뿐이다. 미영 언니가 절절히 그리운 것은 낭만이 있는 추억을 공유한 사람이기 때문이다. 한 살 차이인데 큰 언니 같았다.

여직원 탈의실에 시 한 편을 적어 생일을 축하해 주던 사람, 함께 영화를 보고 밤을 새워 이야기를 나누었던 청춘의 시간을 낭만으로 채워 준 고마운 언니다. 낭만 있는 사람과의 교류는 기억으로 끝나지 않고 잊을 수 없는 추억이 된다.

다시 로망을 꿈꾼다. 낭만적인 삶, 낭만을 함께 즐길 수 있는 사람들과의 관계 유지다. 낭만이 있는 삶을 위해서는 정성을 다해야 한다. 어쩌면 실천하는 삶이 로망을 이루는 삶인 것 같다. 가슴에 품고만 있으면 안 되고 실천하고 실현해야 한다. 읽은 책을 소개해 주고 글쓰기 친구가 되어 주는 S, 캐논 변주곡을 꼭 들려달라며 로망을 응원해 주는 C, 예쁜 글씨로 시를 적어 주는 L, 세상에 두 개밖에 없는 달력이라며 직접 달력을 만들어 건네준 P, 나도 그들처럼 낭만적인 로맨티스트를 꿈꾸어 본다.

그래 그래 그래

초판 1쇄 발행 2023년 11월 22일

지은이 윤현순, 이상훈, 최종숙
펴낸이 이기봉
편집 좋은땅 편집팀
펴낸곳 도서출판 좋은땅
주소 서울특별시 마포구 양화로12길 26 지월드빌딩 (서교동 395-7)
전화 02)374-8616~7
팩스 02)374-8614
이메일 gworldbook@naver.com
홈페이지 www.g-world.co.kr

ISBN 979-11-388-2511-5 (03810)

- 가격은 뒤표지에 있습니다.

- 파본은 구입하신 서점에서 교환해 드립니다.